甲斐を拓いた男たち

森和敏

アスパラ社

甲斐を拓いた男たち　目次

表紙絵　櫛原 織江

登場人物の系譜

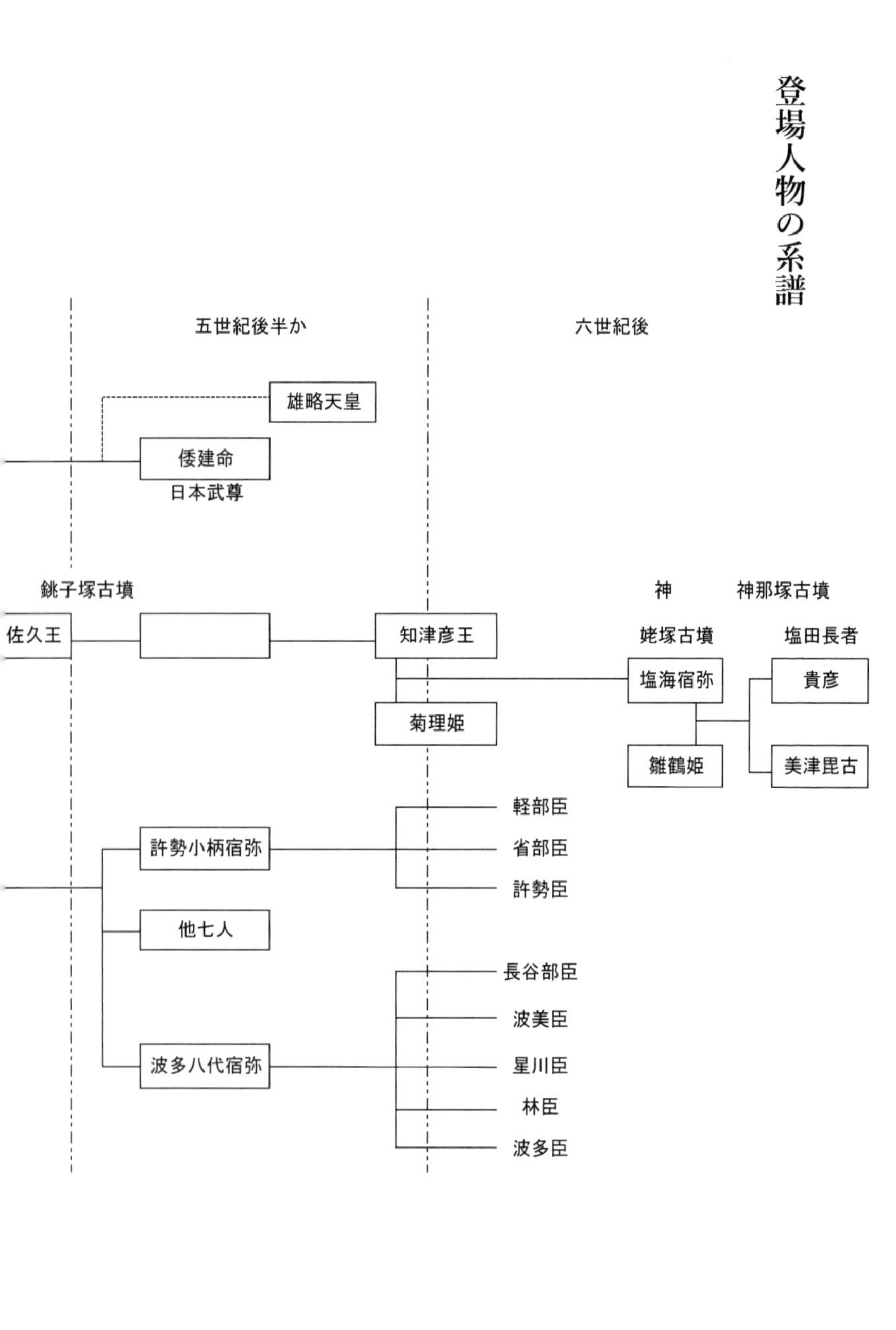

五世紀後半か
六世紀後
雄略天皇
倭建命
日本武尊
銚子塚古墳
佐久王
知津彦王
菊理姫
神
姥塚古墳
塩海宿弥
雛鶴姫
神那塚古墳
塩田長者
貴彦
美津毘古
許勢小柄宿弥
軽部臣
省部臣
許勢臣
他七人
波多八代宿弥
長谷部臣
波美臣
星川臣
林臣
波多臣

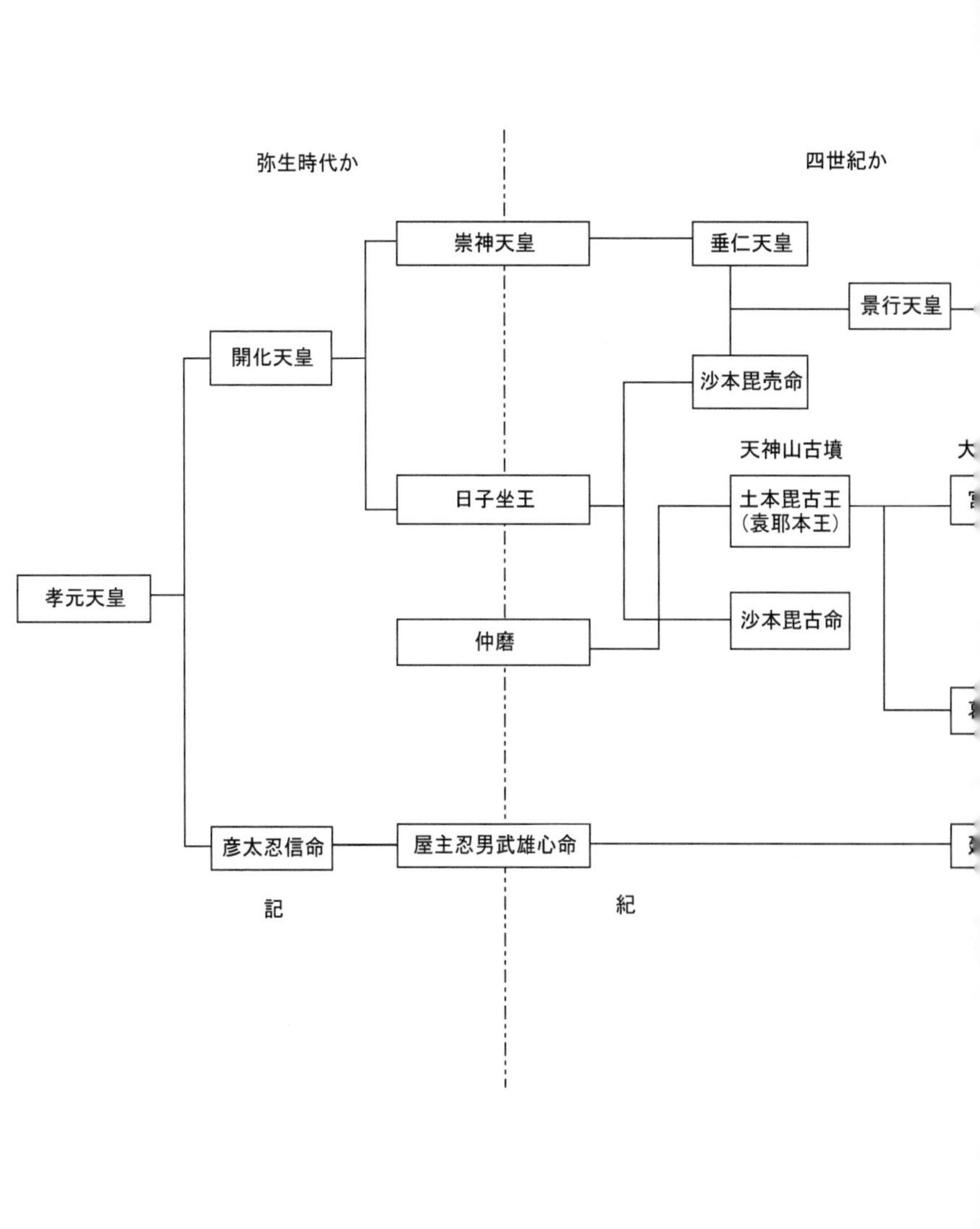
弥生時代か
四世紀か
崇神天皇
垂仁天皇
景行天皇
開化天皇
沙本毘売命
天神山古墳
日子坐王
土本毘古王
（袁耶本王）
孝元天皇
沙本毘古命
仲磨
彦太忍信命
屋主忍男武雄心命
記
紀

第一章　甲斐を統一

仲磨、右左口峠を越えて甲斐に入る

時は弥生時代末期（二〇〇年代）、仲磨（なかまろ）は四家族を引き連れて甲斐の国へ入った。富士の山の西側を海沿いに通り、女坂（あなんさか）を越えて芦川（あしがわ）峡谷を横切った。右左口（うばぐち）峠に登り早春の山々に囲まれた盆地を眼下に望んだのは、尾張国瓜郷里（うりごうむら）を出立してから四日後のことであった。

そこかしこに湖らしきものが見える。葦の生えた沼地や草原が広がっている。高い陸地には雑木林もあった。雄大な眺めからは、この地に住む伯父のいうとおり、稲が作れそうな豊かな土地であろうことを確信した。

仲磨は伯父を頼って移住してきたのだが、この景色にいささか安堵した。

最初の夜は伯父の家に泊まらせてもらい、丘陵の間にある低地でとれたという米と、この土地の清流で作った地酒をふるまってもらった。四日ぶりの温かい飯に、仲磨一族はおおいに沸いた。

日が落ちると急に寒くなった。甲斐は尾張の国に比べると昼夜の寒暖差が激しいようだ。女や子どもは寄り添って麻布をまとい、たちまち寝入ってしまった。旅の疲れが答えたのだろう。

仲麿は先々のことばかりが頭をよぎり、深い眠りには就けなかった。まだ明けきらぬ空の中を歩き、東方の高台に上った。

北には裾の長い山々の中、屹立する峰がある。西から南には雪でおおわれた山脈が幾重にも重なっている。甲斐の大地を、途切れることなく山脈が取り囲んでいる。その中にひときわ大きく富士の山が聳え立っている。

「近くで見る富士には迫力がある。見事なものだ」

雪をかぶった富士は山脈の間に悠然と立っていた。

富士に朝日がさしてきた。まわりの山々にも光が当たり、次第に姿をあらわにする。わずかに鳥のさえずりが聞こえ、清々しい空気が体にしみわたる。仲麿はしばらく身を置いた。次第に力強くなる日の光に神の来臨を感じ、甲斐という地で生きていく誓いを立てた。

仲麿一族はまず自分たちの住まいを作らなければならなかった。男たちは膝あたりまでの深さに穴を掘った。別の男たちは近くの山へ行き、木を伐りだし藤づるを刈った。子どもたちは枝を落とす。

枝打ちされた木を背丈の倍の長さに切りそろえ、掘った穴に柱として建てていく。横に木を渡して藤づるでくくる。掘られていない部分が外壁の役割になり、斜めに木の枝を渡して屋根とした。円屋根には茅を葺いてから掘った土をかぶせた。

仲麿一族は尾張の地でも同様に住居を作ってきた。成人になり、一家を構える男たちは皆このようにして居を構えてきたのだ。

仲麿は頑丈な体格で顎髭をはやし新しいことに挑むことを得意とした。先祖は中央アジアから来たという伝承があり顔は騎馬民族に似ていた。一族の中でも特に賢く、尾張の民からも一目置かれた。甲斐という未開の地を開拓し、仲麿一族の繁栄を切望された。

仲麿の拓こうとする集落からは、東にある御坂(みさか)山脈の主峰大口(おおくち)山と姥捨(うばすて)山の間に富士山が見えた。冬になると雪におおわれ富士山に朝日がさす。まさしく後光がさしたようで素晴らしい眺めであった。

また西山は南から北へ長くそびえ立ち、神が天から降りると信じられていることを伯父から聞いた。北に長く裾を引く八ヶ岳、茅ヶ岳は屹立した峯の岩がけわしい。

仲麿一族は御坂山脈から突き出している舌状台地の間に広がる土地を開墾して水田を作った。稲作を広めたことにより食べ物に困ることがなくなった。丘陵上には畑も作り、仲間たちの生活の基盤ができた。大地の谷間には王家の住む館が造られた。周りには住民の竪穴住居が五〇軒ばかり密集し、そこは棒、椚、樫、山桜、栗林で囲まれていた。木の芽が出ると里に春が訪れる。里の木々は次々と芽を出し、二〇日もすると新緑でおおわれ、里の緑は山の頂上に向う。と同時に、里の者たちは仲間同士で結婚をして子どもを産み、次第に人口が増えて豊かになっていった。生活が安定するまでには十数年を要した。

仲麿は里長となり、補佐する助役などを組織した。食糧係は、道の修理や田に水を引くための水路を整備し、収穫した米や稗などを掘立柱高床式の倉庫に保管して里人に分配する仕事を担った。野山係は山でとれる栗やどんぐりを管理すること、猪や鹿などを捕獲すること、隣里との縄張り交渉をすることなどを仕事とした。

隣里との縄張り交渉にあたり、里の地名が必要になった。種を播いたり、野菜の種を播くのに畝を作る時に使う「さくる」とか「さくを切る」ということばをつけて佐久里（さくのむら）と名付けた。

仲磨には三人の子供があり、一五歳になった長男の向山土本毘古王（むこうやまとほひこおう）に自身の後継者として代理を務めさせた。仲磨は七〇歳を迎えると、佐久里の南の向山とも呼ばれた山に自らを埋葬するための墳墓を造った。数年後に生涯を閉じ、子どもたちに見守られる中で墳墓に埋葬された。

向山土本毘古王、甲斐の開祖となる

弥生時代から、古墳時代に入った。三〇〇年はじめの頃である。

仲磨（なかまろ）の長男である向山土本毘古王（むこうやまとほひこおう）は、成人と認められる一五歳となり、生まれ育った佐久里の民からは簡略化した土本毘古王と、隣里からは正式な向山土本毘古王と呼ばれるようになった。名の由来は、「土」は国土の土で国を表し、「本」は元の意味で佐久里をさし、「毘」は日つまり太陽であり、「古」は太陽の子供を意味した。

向山土本毘古王は父の仲磨に似て大きい体格で力強く、体の機能はよく調和がとれていて病気になることは少なかった。行動力や決断力、将来を見通す知恵があり、この時代にふさわしい包容力やカリスマ性のある指導者であった。顔は彫が深く鼻筋が通って、目はやや青い。肌は色白で口髭をはやし、何より美男で女性の人気が高く、中央アジアの騎馬民族に似ていた。

里には仲間を頼って移住してくるものが増えてきた。

土本毘古王は、この里の人口を増やすことは有益であり、社会全体が豊かになっていくと考え移民者を受け入れた。受け入れるにあたっては水田の整備を進めなければならない。

王はまず、甲府盆地の沼地から水を引くために小川を掘り進めた。沼地に生えている葦を刈り取り、そこを耕して水田を開いた。移民者には分け隔てなく、農作に必要な道具の作り方を教え、稲種を分け与えた。


六四歳になった土本毘古王は佐久里の丘陵上に墳墓を造ることを思いたった。大和の国では設計図を書いて前方後円墳をいう墳墓を造っていることを聞いていた。

秋の取り入れが終って佐久里の役員会を開き自分の墳墓を造りたいと話した。役員会を墳墓造営のための役員会に切り替えて、その大きさや工事期間などを相談して全員の同意を得た。

向山土本毘古王は、大和大王のもとに墳墓の造り方を教えてもらうために里役員の二人を派遣した。甲斐の向山土本毘古王からの依頼であること、依頼内容は、長さ六〇〇尺の前方後円墳を造りたいのでその設計図の作成並びに墳墓建設の監督者及び技術者を甲斐に派遣してもらいたい旨を伝えるよう命じた。

大和の都から使者の二人が戻り、向山土本毘古王は次の報告を受けた。

「都のことはあまり知らなかったので文化が進んだ都の様子を見聞きして驚くことばかりだった。しかし朝廷に入って、第九代開化（かいか）天皇大王とその子の日子坐王（ひこいますみこ）と話してみると朝廷の人たちは甲斐のことをよく知っていたので少し安心した。

日子坐王は、六〇〇尺の前方後円墳を造ることは大変な労力と長い期間が必要であること、農繁期には農民を使うことができるかどうか、作業をする人たちの数や工事期間が地元の事情にあうような体制ができるかどうかを問われた。

この墳墓は新しい形をしていて甲斐では初めて造る墳墓であるけれど準備はととのっている。築造作業は稲作作業に忙しい時期を省いて秋から春の間とし、工事期間は二年間を予定している。今年の稲の取り入れがすんだので、そろそろ始めたいと思っている。農民は計画的に出労し、監督者と里役員の指示によって工事は進めていく。

日子坐王には墳墓造りの専門家二人を派遣して頂きたい。監督者二人を受け入れる準備も怠りなくしておくことを話し、交渉は無事に成立した」

使者二人の報告に、土本毘古王は安堵した。

使者の持ち帰った設計図は板に書かれていた。四角の区画が縦横の線で一五あり、その区画を基準にして墳墓は丸と四角がくっついている。後の丸は八区画、前の四角は七区画を占めていて、前方後円墳の形だ。後の丸と前の四角の途中には狭い道が書かれて左右対称になっている。

日子坐王の厚意に感謝しながら、設計図を手にすると感慨深い思いがこみあげてきた。

それから一五日が経ち、大和から墳墓を築造する専門家の監督二人が佐久里に到着した。土本毘古王は来てくれたことにまずは礼をいい、準備は整っている旨を説明した。

監督の一人は、大和の大王からの伝言を伝えた。

「大和の日子坐王の父開化天皇は、向山土本毘古王を自身の孫として認め、名を袁耶本王（をざほのみこ）と改めます。今後は天皇家の一員として甲斐の王として名のってください。そしてその証しとして銅鏡三面、剣と直刀三振や勾玉と管玉一組を遣わします」

こう述べると宝物を呈された。土本毘古王は礼をいって、謹んで袁耶本王の名前と宝物を受け取った。

土本毘古王は工事を始めるにあたり、佐久里役員二人を呼んだ。日子坐王からの伝言の主旨と「袁耶本王」という尊称を与えられた旨を話した。役員二人は感嘆の声を上げた。

「さっそく祝義をあげて里人らに報告をしましょう」

「誇らしいなあ……。だけんど、ちっといいにくいなあ、ヲザホノミコかあ……」

「ヲザ……、」

二人は破顔した。

「いい、いい。いままでどおりの呼び名でよい。祝義もしないでよい。里の者たちにもあえていわずとよい。あまり格式ばったことは嫌いだ。私は皆と分け隔てなく暮らしたいのだから。その代わり、甲斐の地に、こういうものが居たのだ、甲斐は大和王家と関わりある土地なのだと後世に伝えられるような立派な墓を作ってくれたら、それでよい」

向山土本毘古王は「墳墓の上には草が生え木が茂るであろう。私はその下で静かに眠り土にかえりたい」といい残して六九歳で死去しこの墳墓に埋葬された。里人たちはその死を惜しんだ。

向山土本毘古王は、長男には「お前は佐久里で私の後継者になりなさい」と、次男には「甲斐の盆地の北東にある塩の山や笛吹川上流にある上の郷は盆地であるため豊かな土地だ。そこに移り住んで祖父仲磨の意志をつぎ、三枝氏を名乗るのがよい」と遺言した。

宮の上王、禹之瀬（うのせ）を開削する

宮の上王（みやのうえおう）は仲磨（なかまろ）の孫で、向山土本毘古王（むこうやまとほひこおう）の長男にあたり、五〇〇年中ごろに活躍した王である。頑丈な体つきで機転が利き、人に好かれる性格は父親譲りであった。

里（むら）の子どもたちは一五歳になると成人としての扱いを受けるようになる。それまでに先祖から伝わってきた伝承を聞いて覚えなければならなかった。

その一つが里で作った着物と、海岸地域で生産されている塩貝とを交換する仕事である。海のある貝塚村の人々は、貝を獲ってむき身にし、海水をかけながら乾かして塩貝を作っている。塩をたくさん含んだ貝は保存食になった。甲斐の里では狐や兎の皮をなめして着物を作った。それぞれの地域が特徴を生かした製品を作り、交易をしながら暮らしていた。

王家の子どもには事故をおそれて交易の場には行かせない習慣であったが、宮の上王は泣いて行きたいといい張った。盆地の外の世界を見たり話を聞きたかったのだ。

貝塚村まで四日を要すると聞いた。地図などない。まして目印になる建物などもないのだから、道を間違わないようにすることは難儀であった。山の形状、太陽の位置など、方角の判断材料を大人からよく聞いて覚えなければならない。

成人になる前の初秋、宮の上王は従者を従えて里を出発した。盆地から川に沿って東へ延びる登り道を歩く。しばらくすると山に入り、最初の峠にさしかかる。笹子峠と呼ばれる峠だが、すでに日は落ちた。峠の麓にある竪穴住居で一泊した。宿では夕と朝の食事を食べさせてもらった。わらで編んだ袋に玄米をたくさん入れて背負ってきた。お礼にその玄米を幾分か差し出して宿を出発した。峠は急坂が続き、茨を切りはらいながら登った。頂上を越えてようやく下りになった。谷間に入ると谷川に沿って歩くため障害はだいぶ少なくなって、逆に川音や鳥のさえずりが心を楽しくさせてくれた。

「おい、今日も暑いな、谷川で水あびをするか」

宮の上王は従者を誘うと、着物を脱ぎ捨て川に飛び込んだ。腰に巻いていた布切れを水で濡らし、体じゅうを洗った。

従者は驚いた様子でそばに立ち尽くした。剣を置いて丸裸になり、無邪気に水を浴びる王の姿など見たことがなかったのだろう。

「トキが川の中にいるぞ。魚を取っているようだな」

宮の上王はバシャバシャとしぶきをあげて走り寄った。

五羽のトキは一斉に飛び立った。

「山魚(ヤマメ)ですね。追いこめば取れるかもしれません」

従者は石を拾い、浅瀬を石で囲んだ。宮の上王も近寄って従者の真似をした。

「私がやりますから、王は座ってみていてください。手を怪我でもしたら大変ですから」

従者が制止するのにもかかわらず、王は石を拾い集めた。

従者は四匹を捕まえた。

「焼いて食べますか。支度をするからしばらくこの魚を持っていてください」

王は従者から魚を受け取ると、手の中で踊る魚を逃がすまいと必死の形相になった。

従者は枯れ草と小枝を集めて火打石で火をつけた。王の手から魚を取り、指でさっと腹を開いて臓物を除いて燃えている小枝の上にのせた。

「おかげで、久し振りにうまい山魚が食えたぞ」

王は上機嫌で従者の肩をたたいた。


川から広場に出た。しばらく歩くと、故郷で教えてもらった宿を見つけた。声をかけると、泊めてくれるという。太陽はだいぶ西に傾いたが日没には早く、もう少し先まで歩けそうだが、ここへ一泊させてもらうことにした。

家主の物音に目を覚ました。隣で寝ていたはずの従者はすでに身支度をすませていた。

家主は雑穀をやわらかく煮た粥を用意してくれた。宮の上王はふだん米を主食としていたから、この雑穀は新鮮に感じた。

家主は宮の上王の地位などのことがよくわからずにいろいろと聞いてはきたが、身分を明かさずに宿を後にした。

　太陽の昇る方向を頼りに歩き、峠を目指した。笹子峠に比べ緩やかな坂ではあるがとにかく長い。茨を切りながら足を進めた。小仏峠の頂上に着き、行く先を見渡した。広くて山もなく、遠くまで見渡すことができる。海はこの先にあるはずだと思うと嬉しくなった。王は神前で歌う米舂き歌を歌い出すと、従者も従った。

　坂を下りて平らになる。道に迷いそうになりながらも里人に聞きながら進む。初めての地だったから思うように先へは進めずに、途中一泊した。

　翌日の夕方、貝塚村にようやく到着し、宿になりそうな家を見つけた。家主に海や魚の話を聞いて驚いた。里人は魚を追って里を移動するのだという。里の生活や冠婚葬祭の習慣もだいぶ違う。知らない言葉もあった。移動して暮らすのなら祖先の墓や親戚とのつきあいはどうするのだろうかなど、疑問に思うことばかりだった。風土が違えば人々の暮らし向きはこうも変わるものなのか、王にとっては非常に勉強になるひと夜だった。

　翌日、物資の交易所に出向いた。王ははじめてみる光景に目を見張った。特に人々の風貌には驚きがあった。布をまとっているものもあれば、獣の皮をまとっているものもある。肌の色にも違いがある。特に話す言葉は大きく違った。喧嘩腰な物いいの者もいれば、悠長な話し方をする者もいる。従者によると、各地方から集まっているから、土地によって違うのだという。

その中を従者は驚く風もなくさっさと歩く。この場にはたびたび来ているからであろう。道のいたるところにゴザが敷かれ、米、野菜、塩、海産物など様々なものが並んでいる。王にとって興味をそそられるものが多い。立ち止まるたびに従者は説明をした。

「これは海藻を干したものです。ああ、そっちは小魚を干したものです。今日は塩貝を求めに来たのですから、他のものは別の使者に任せてください」

従者は王に余計なものとは交換しないようにといわんばかりだった。

山に積まれた塩貝を見つけた。従者はその場にいたものと何やら話している。どうやら交換してもらう塩貝の量でもめているようだ。従者は怒っている風であったが、王は細かいことに頓着はしなかった。

皮で作った着物を渡し、交換品の塩貝を従者と王の袋に分けて入れた。袋を背負い、帰路についた。行きに比べて帰りは容易だった。旅は従者と二人きりの七泊八日だったが、学ぶべきことの多い旅だった。交換した塩貝を持って無事に里に戻ると、皆から無事を喜ばれ、一人前の大人として認めてもらえた気分になった。

成人した宮の上王は、仲磨から続く王家を継ぎ、結婚して子供をもうけた。長男佐久王は甲府盆地の西にある一之瀬台地に居を構え、次男は曽根丘陵上で西にある王塚里で王様となり、長女は金川扇状地にある井尻里の西王に嫁した。宮の上王は代々の土地を守ることに専念をしていた。

宮の上王の取り仕切る居住地は、王の人気も相まって人口が増えていった。そのため食料増産のための水田を確保することが近々の課題であった。

宮の上王は三ヶ所の里長を集めた。

盆地の底にある沼を田にするためには水を落とさなければならないため、排水する川を掘らなければ田はできないと老里長は意見した。工事のおおよその概略が決まり、人手を確保するためもあり、まわりの里にも声をかけた。

排水工事は終り、同じ広さの水田を家族数に応じて分けた。

宮の上王は経験を積むにつれて大きな夢を抱くようになり、盆地の中にある湖や沼の水を流して水田にできないかと考えた。長老に相談して木で筏を作って湖を探索し、歩いて山麓にある集落を訪ねもした。住人たちの生活や盆地の水溜りや土地の状況も把握していった。王は自然災害への対策や里人たちの食料確保について、一番難儀に思うことは父向山土本毘古王の弟である伯父から聞いていた「亀甲岩（かめのこういわ）」のことだった。

　盆地に降った雨は北西から流れる川と北東から流れる川が盆地の中ほどに集まり、急流の大河となって山峡をぬって南の海に流れ出ていく。しかし山峡の入口、禹之瀬（うのせ）には非常に大きな岩があり、その流れを阻み、水害の元凶となっている。岩を砕き割ってしまうことが望ましいと考えられるのだが、その岩は生きている亀にそっくりであることから地元民からは「亀甲岩」と呼ばれ、鎮座しているのであるから手を付けることは祟りがあると畏れられていた。

　宮の上王は思慮に思慮を重ねた末、亀甲岩の下に住むカメを捕獲して「神が宿るカメ」として大事に育てることとし、亀甲岩掘削工事を行うことに決めた。

　掘削工事に畏れをなしている地元民の説得は案外容易だった。水害に苦しみ、食料確保に苦慮している民である故、神と同格である王らの話に納得した。

　工事に使う道具は幸いにも鉄斧を大和の都から仕入れてあったので、この鉄斧を使って岩をくだく事ができる。宮の上王は佐久里の役員と盆地の中に住んでいる長老たちに排水工事の協力をしてもらうこととした。彼ら長老たちはのちに四神（瀬立不動、岩裂大明神、蹴裂大明神、穴切の神）と呼ばれ、里作りに尽力した。

　工事にあたり王は長男の佐久王に協力を求めた。そして工事において大切なことは独裁制ではなくあくまでも合議制を基本とすること、民の心を一つにするには必須事項であると、宮の上王は佐久王にいい聞かせた。

　里には秋が訪れた。黄金色だった田んぼは稲刈りが終わるとたちまち稲株だけの風景にかわった。民は刈り取った稲を乾かして籾にして倉へ納める。残った稲わらはこれから冬に向かうための防寒には貴重なもので、籾と一緒に大切に倉へ保管された。

　殺風景だった田んぼにもひこばえが生え始め、田んぼは再び黄緑色にかわった。

　工事に先駆け、宮の上王は佐久里の農民を二〇人ほど集め、稲わらを一抱えずつ持寄ってほしい旨を話した。禹之瀬の川幅を計るための縄を作ることが目的だった。農民の中には貴重な稲わらであるので、半分にしてほしいと申し出るものもあった。宮の上王は農民のいい分を聞いたうえで話し合いを進め、意見を受け入れた。

　翌朝には稲わらを抱えた農民が集まり、縄作りがはじまった。

「川幅を計るためであるので細めの縄で用は足りるが強い縄である必要はあろう。強い縄はよりをかける時に力を入れて固くしめるようにすればよい。稲わらを水でぬらして木槌で打ち、やわらかくしてから縄をなっていく」

長老は若い者に教え、農民らは知恵を出し合いながら、二〇丈の縄をなんだ。

出労は各里毎日一〇人ずつと決めた。作業する時期については、冬のあいだは水が冷たくて水の中では作業ができないので、春になったら開始する。夏は田植や田の草取りで忙しいので休止し、稲作の作業が少なくなるころから作業を再開することとした。これらの取り決めも、王らの一方的な申し渡しではなく、里長らから農作業などの状況を充分に聞き取り話し合いによってのことであったから農民らは快諾をし、王らは民からの信頼を得た。

鵜之瀬を囲む山が険しいがゆえ、大河を走る冬の川風は速度を上げる。農民の心身は凍えながらも、秋に蓄えたイモや米で命をつないでいく。厳しい環境に暮らすものだからこそ人々は団結をし、知恵を出し合いながら綿々とこの地に暮らし続ける。

ようやくそこらの川に張った氷もゆるみ、里に春が訪れた。宮の上王はこの工事が民の生活の安定と繁栄につながることを確信していた。

作業を始める前日、王は佐久里の役員らと川幅を縄で計った。亀甲岩の上方の広い所で四〇丈、最も川幅の狭い亀甲岩の所で二〇丈、人の背丈ほどであることを知った。両岸は山がせまっているので川幅を広げることは難しいため、川底を下げることとした。

「亀甲岩を切り取り、下流にある深い所に切り取った岩を埋める。亀甲岩の上流の高さにあわせて川底に傾斜を作ると急傾斜になり水の流れが早くなるから土砂が溜まることがなくなるであろう。作業は下流から上流に向って進めるのが鉄則だ」

四神のひとり、瀬立不動と呼ばれる長老は進言した。

岩裂大明神、蹴裂大明神と呼ばれる二人の長老は、それぞれが取り仕切る地区から引きつれてきた集団による人海戦術で、岩の裂け目に鉄のみを打ち込んで岩を割った。穴切の神は右岸の山際に穴を開けて水流をかえて作業する場所の水をまわした。この作業が最も困難で時間を要した。

この工事は宮の上王が生涯をかけた難工事であった。最も難工事であった亀甲岩掘削は冷たい水の中で作業する人を交替しながら作業を終えた。魚は水と一緒に富士川に下った。おおよそ水がなくなって陸も広くなった唐柏の里人は集まり、祭りを始めると一匹の大亀が死んでいるのを見つけた。大きな山のような亀であった。

この亀は湖水の主だと誰がいうでもなく話が伝わった。中国人の子孫であると伝わる唐柏の里人たちはこの大亀の霊を農業の祭神として大亀神社を作った。亀甲岩の下でとった亀を育てたあと農業の神様と呼ばれるようになった。

宮の上王は工事が無事に終わったことを見届けると、長老たちを集め労をねぎらった。そして祖父仲麿から聞いた話をもとに社の築造を提案をした。

「海の向こうにある晋の国という王朝を開いた禹王は、洪水を防ぐなど、人民から多くの支持を受けるほどのいい政治を行ったため、治水の神といわれたそうだ。水害から守ってもらうため、亀甲岩のある所に治水の神・禹王の社を建てたらどうだろうか」

長老たちは賛同した。

「水害は里人の多くの命を奪っていく。治水の神が守ってくれたらそれに越したことはない。早急に進めようじゃないか」

と相談がまとまった。

「社はなんと名付けたらいいかねえ」

「禹之瀬社はどうだろうか」

宮の上王の提案に一同は喜んだ。

人々は社だけでなく、この土地を禹之瀬と呼ぶようになった。


甲府盆地は四方を山で囲まれている。麓から麓まで、短いところは二、三里あり、長いところでは数町の距離がある。また高低差が多く、起伏に富んだ土地で、沼や小さい湖が点在している。高い所は開拓が進んで里ができ、また盆地に移住して定住したこの里の人達を頼って新しく入植する人達もあって人口が増加した。

宮の上王は禹之瀬の工事の成功を機に、王が住む佐久の近くにある浅くて広大な沼を水田にしようと考えた。二本の川を合わせて一本にして広くて深い川にし、広い田をっ作った。工事は二年をかけて完成をさせ、その地を二川里（ふたがわむら）と呼んだ。

佐久里や二川里、向山里、三つの里ができ、それらの里を合わせて右左口（うばぐち）の郷と名付けた。水田の作付けも順調に進み、民を養うのには充分であった。甲斐は四方を山に囲まれているため、大雪に見舞われることは少なかったが、川面を走る突風と山津波による川の氾濫には悩まされていた。民は神に祈りを捧げ、土地を治める宮の上王は水難工事に手を焼いていた。

稲穂の黄金が色を増し、収穫の無事を祈っていた。鳥のさえずり、雲の動き、風の流れなどを見定め、収穫の日取りを決めるのは長老の仕事であった。この時期は、豪雨に見舞われることが多いからだ。

この年も長雨が続いた。

「夕べはすごかった……」

「水甕をひっくり返したようだった」

「あんな風は初めてだ」

民の口からは惨状の様子が伝えられた。

宮の上王が広場へ出ると、従弟の太助が走り寄った。

「えらいことになっているらしい。明方にゴーという地獄の底から聞けえてくるような音がしたから心配をしていたら、境川里から若い者が逃げてきた。そのもののいうのには、境川里と浅川里は山津波で押し流されたようだ」

「里人たちは無事なのか」

宮の上王は声を荒げた。

「太助、悪いが様子を見に行ってきてくれないか」

佐久王には佐久里や二川里、向山里の被害状況を調べさせた。

夕方には太助、佐久王が戻り、被害の状況を知らせた。

石橋里、三ツ椚里、藤垈里、八代里の四つの里は壊滅状態だという。猫や犬や豚は水で足をとられたようで泥の中に埋まって死んでいる。掘立柱の社は柱だけになって傾いているし、家も何もなくなっているという。

井尻里から婿が来た。

「井尻里の北にある金川里では岩が押し流されて来た。あの岩に押しつぶされた家や人も相当あるに違いない。木につかまって高いところに登った大人は助かったようだ。だが、田も畑もみんな流された……」

婿は涙を流した。

宮の上王は里役を集めた。

「みんなも稲が倒れたり埋まったりと、甚大な被害を受けて大変なところではあるが、近隣も含めてしっかりと調査をしたい。手数だろうが協力をしてほしい。里の上組は私と一緒に南へ、里の下組は太助と一緒に北の方に行ってくれ。亀甲岩のある鰍沢口は水が深いから、くれぐれも流されないよう充分注意してほしい。これ以上被害を出さないことを望む」

宮の上王はさっそく若い衆を一〇名引き連れて調査を開始した。

藤垈里にあった社は坊(ぼう)が峰(みね)の北に流されていた。矢高山(やたかさん)の神像は長江(ながえ)里で埋まっていた。鰍沢口(かじかざわぐち)では流木が積み重なって水をせき止めて、一面一光(ひとひかり)になっていた。

調査が終わり、太助らからの報告を受けた。これまでも何度となく災害は経験してきたが、これほどまでの水害は初めてのことであった。死傷者も多く出た。親を亡くした子どもたち、生き残ったものの手足をくじいて身動きの取れない者たち、全てを流されて放心状態の者たちなど、甚大な被害を受けた人々の手当てはどのようにしていったらいいものか、里の再建には何から始めるべきなのか思案の日が続いた。

大変な被害をうけた里では新しく開墾して水田を作らなければならない。排水工事をやり直さなければ水田に復さない所もある。意気消沈した人々の動揺が落ち着くまでとも考えたが、しかし早くなんとかせねば冬になってしまうからすぐに工事に着手すべきだと宮の上王は決断をした。そして宮の上王は長男佐久王が王として住民の指導者となれる資質を身に付けさせるための絶好の機会であるとも考えた。

宮の上王は佐久王を呼び寄せた。

「これからは佐久王がこの里の長となり民を引っ張っていく立場となる。今回の里再建はその意識を持ち、佐久王が主体的に動いてほしい」

佐久王は少し戸惑った様子を見せたが、やる気がみなぎっているようにも感じ取られた。

「再建を行う上で大切なのは、再びこのような災害に見舞われない里作りである。そのための策を講じてほしいんだ。まずは大河の流れを分散させることと、堤防を築くことだと思うのだがどうだろうか」

宮の上王は佐久王に提案をした。

「私一人では決してできるものではありません。里長たちを集めて相談してみたいと思います」

「よかろう。里づくりに大切なことは、決して自分一人の考えで民を動かさぬことだ。

その土地のことはそこに長く暮らした長でなければわからぬことがたくさんあるのだから。充分に話し合って決めるがよかろう」

秋のうちに支流の補修と大河の分水工事を終わらせた。水が温む春になると、ぬかるんだ地面からは水がはけていった。水が引いたことを見定めたあと、堤防工事に着手した。

「これで川の氾濫が起きても、里々の水田は守られます」

佐久王は宮の上王に新しくできた堤防を見せていった。

宮の上王は息子の成長を誇らしく思い、顔をほころばせた。

「次は、甚大な被害を受けた石橋里、三ツ椚里、藤垈里、八代里の再建です。この地域は水田が壊滅してしまったからいちから造成工事のやり直しです」

佐久王の顔には自信がみなぎっていた。

工事はすぐに始められた。水田作りが田植えの時期に間に合わないと死活問題になるからだ。女も子どもも、生き残った者たちに悲しんでいる暇はなかった。佐久王の指揮のもと、みな手に鍬を持ち、土砂を運んだ。近隣からの応援もあった。

土地の区分分けは隣里の老里長が仕切ってくれた。

二百歩歩いた長さをひとつの単位とした。その長さの縄を使って四方の区画を作っていった。さらにひと区画を十に分けた。その一つを一反と名付け、一反を基本とした。一人の大人に一反、子ども一人に対してはその半分を分けることとした。

峻厳な山々の大地には、木々ら落ちる葉が堆積して腐葉土となり肥沃となる。山に降りおちる雨水は養分を含んだ大地で漉されて地下水となり、湧水となって、やがて支流に流れ出して里に暮らす人々の食を豊かにしてくれる。天から降る雨はときに人々の命を脅かすが、人々の暮らしには欠かせないものなのだ。洪水であっても、日照りであっても命は奪われる。人々は自然の営みを日々の営みの中で体感をし、神に祈ってきた。五穀豊穣を祈った。

先祖仲麿がこの地にやってきて土地を開いた。山々に囲まれたこの地が肥沃な土地であることを見抜いたに違いない。その土地を天変地異から守り、人々が豊かに暮らせることを祈り続けた先祖の思いを絶やしてはいけない。宮の上王は、優れているという意味をもつ「甲」と農業の神である「日」（太陽）を並べて、この地を「かひ（甲日）」と名付けた。

宮の上王はその前王にならって幾年かが過ぎ収穫が終ったある日、

「向山土本毘古王が眠る丘の上にある小山を切り盛りし、丸い山と四角い山をつないだような巨大な前方後円墳を作りたいと思う。設計図は向山土本毘古王の墳墓を作った時の大和の専門家に頼み、墳墓を作る方法を教わった二人が指揮を執ってほしい。造墓責任者は佐久王がなるように」

と側近を集めて話した。

佐久王は目を閉じてじっと聞いていた。私の遺志を継ぐ覚悟をしているのであろうか。ここ数年は国づくりに対して多くを佐久王に任せ、自身は身を引いていたつもりだ。この墓づくりは私にとって最後の仕事であり、佐久王の覚悟を見定める大事業でもある。

「よいな」

宮の上王は佐久王の肩に手を置いた。佐久王の目には光るものがあった。

「私の墓はそこにある小さい山を利用する。高いところを削り、削った土で小山の周りを埋めていけば少ない人出でできるであろう。

遺体を入れる石の部屋は丸い山の頂上を掘って石で長い箱のように作り、私と妻が入れる大きさにしてくれればよい。必要以上に大きくする必要はない。私たちの遺体を入れたら蓋をして、その上に同じ大きさの石室を作る。石室は平らな石を積んで作り、その中に鎧、兜、剣、勾玉、鏡などを入れて欲しいと思っている。

だが、この石の棺と室を作る仕事は私が死んでからにしてくれ。大和の都から石工に来てもらう。石工の手はずは私のほうで話しておこう。佐久王は石工衆のいうとおりにして、石工衆の手伝いをしてもらいたい」

宮の上王は佐久王に話すと、席を立った。


佐久王は疏水工事を一緒にした里の里長を集めるよう、側近の者たちに指示をした。稲の収穫を目前にした日、八つの里の里長たちは宮の上王の邸に集められた。佐久王から墳墓造営の説明がなされ、宮の上王からは工事の概略が話された。

「前方後円墳の全長は四二〇尺でよかろう。設計図を書くには、前方部と後円墳を同じ長さとし、格子目を基準として平面図を描き、線の同じ高さの地点を決める。墳全体を覆うように描き、左右対称の前方後円墳を造る」

墳墓づくりは農作業がすべて終わった晩秋からはじめられた。現地ではまず墓の外郭線に杭を打ち、監督する技術者は棒と縄で高さや長さを計った。山を削った土で丸い山と四角の山を造った。

佐久王の采配ぶりに気をもむこともあったが、じっと見守った。里人たちの協力のもと初夏の芽吹きとともに墳墓は完成した。

三年後宮の上王は死亡した。妻は殉死し、同じ石棺の中で石枕を同じくして宮の上王の横に寝かされた。この墳墓は大丸山塚の墳墓と呼ばれた。

佐久王、甲斐を統一する

宮の上王（みやのうえおう）の長男は、仲麿（なかまろ）が拓き、向山土本毘古王（むこうやまとほひこおう）が造った里の佐久という地名をとって佐久王（さくおう）と名づけられた。そして父宮の上王の遺志を継いで甲府盆地の一大勢力の統率者となった。佐久王は父親譲りの整った顔だちで、体格や性格も似て甲斐の王となる資質を充分にそなえていた。

佐久王は、禹之瀬の上流北側に広がる沼地から自然にできた川まで小さい川を幾筋か掘って水を落とし、この水を水田に引こうと考えた。

また禹之瀬の上にも主流となる広い川を五年間で笛吹川から古瀬河原里まで掘り、盆地中央部の水田に給排水を行うために川を掘って主流につなげた。小高い所には畑を作って、民が稗や黍を栽培できるようにした。

里人が冬ごもりを始めた。着物を三重に縫い合わせたり、木の実を砕き粉にしたり、イモが凍らぬよう土に伏せたりと、春を迎えるまでの準備にせわしく働いていた。

その時だった。突然富士の山が轟音とともに大噴火し、火柱が上った。地鳴りがして大地はものすごくゆれた。ゴーと地の底からばけものが出てくるような音がする。若い女は泣け叫び、老人はおろおろと身を寄せ合った。子どもたちはキャーキャーとまるで喜んでいるようだ。

次第に噴煙が空を覆った。翌日からはしばらく雨が降り続いた。幸いにも農閑期であったため作物への被害はなかった。冬ごもりの支度もほぼ済ませてあったから、それほどの影響はなかった。

佐久王は子どもたちに、嫁をもらった年にも同じことがあったことを思い出した。山が噴火すると溶岩が流れて甚大な被害を及ぼすものだが、ここは御坂山(みさかさん)がせき止めてくれるから被害が及ばない。けれど、富士の山の霊が怒ったために噴火が起きたのだから、今後は流行病(はやりやまい)があって、子どもや老人が死んでしまうかもしれない。夏は寒くて凶作になり、米が獲れなくなるといい伝えられている。

佐久王は占い師を訪ねた。占は占師の家に代々口伝で秘密に伝えられている所業である。占小屋へ行くと占い師は白い着物を着て黒い袴をはき、烏帽子を冠っている。緊張した顔つきで、起こした火を桜の枝につける。その枝を亀の甲羅の表に繰り返し押しあてると、甲羅の裏に割れ目が生じ、割れ目で吉凶を判断するのだという。

占い師は亀の甲羅を裏返した。占い師の表情は沈んだ。割れ目が複雑にからみあって「不吉」と出たのだそうだ。

「王は地の霊を鎮めるため、東の山を越えて行き、富士の山のふもとで火を焚いて祈りを捧げよ」と命じた。

佐久王は占い師とともに富士山へ出向いた。富士の山の近くでは火山灰が背丈ほども積もり、多くの住民が逃げおくれて焼死し、農作物は壊滅。住人の姿は一人として見えない。以前に噴火したときと同じであった。前回の噴火から毎年、富士の山の守り神である浅間社の地神を鎮める祀りをしているのだが、数年してまた小地震が続いた後に大地震が起き、富士の山が噴火をした。たびたび起こる富士の山の噴火に、佐久王は頭を悩ませた。

噴火の翌年、佐久王は次なる工事に取りかかった。西山（白根山）の根方にある一之瀬川の流れを一時的に変えて水を抜き、本流の川底を低くした。そのことにより南湖里にある沼の水の排水に成功した。さらに甲府盆地中央を流れる荒川の川底を掘り下げ、盆地の中央部東で笛吹川とつなげた。

さらに佐久王は盆地中央部や北部にいまだ残っている沼や小さい湖の水を排水するためにそこにつながる小さな河川を釜無川につないでいった。工事は農閑期に行われたのだが、現場近くに住む人々は毎日交替で出労しなければならず、相当な労力であった。だが、これらの疎水工事は水害から民を守るだけでなく、農作地を民に与えた。

佐久王は里むらに統一組織を作らせ、造成した土地に新たな種類の作物を作るよう指示した。また、移動するのに馬に乗ることが多くなったので馬飼司をおき、馬場を作った。

米搗き唄など神事と結び付けた文化を高め、人々の心を潤すことにも細心した。

甲斐の国は開発も進んで人口も増加し、民の心とともに豊かになっていた。この功績により佐久王の名は甲斐の国中に知れ渡り、佐久王は地域を支配していた小豪族を支配下に入れて、甲斐国の政治的統一を成し遂げた。


佐久王が甲斐国の王になってからしばらくして、大和から大王の側近である武内司（たけうちのつかさ）と従者二人が訪ねて来た。佐久王は二人を丁重に迎え入れた。佐久王はねぎらいの言葉をのべると武内司が、

「大和の伯父大王（おおきみ）から託された贈り物を持って参りました。大和の大王が甲斐の王として認めたことを証しとする品じなでございます。地方の王として認めた人にはその信任となる鏡などの宝物を差し上げております」

という。

従者の一人が贈り物が入った袋の紐をといて、宝物を武内司に渡すと、武内司はそれを佐久王の目の前に順序よく並べた。

「この丸いものは鏡といい、とかした青銅を鋳型に流し入れて作ります。海の向こうの

国の皇帝からいただいたもので、表を見れば顔が水面に写るように写ります。裏を見れば」

といって裏返した。

「神に仕える人や架空の獣である竜や虎の絵が丸くあって、その外側には文字が書かれています。裏に花模様があるこの鏡には『長宜子孫』や『壽攻金石』と書かれています。意味は子孫が長く豊かに暮らすことができますように、めでたく長く変わらない金や石のようでありますようにということです。贈られた人の魂が入り、霊となってその人を守ります。甲斐国へ海の向こうから移って来た人の中にはこの文字の意味がわかる人もあるかもしれません。

石で作った輪は腕にはめるものです。こちらの輪は貝を縦切りにして作ってあり、温暖な地方の海でとれた貝で、美しい色をしています。

またこの勾玉は翡翠というすき透った緑色の石で作った珍しいものです。これらの物は神が宿るもので、王だけが儀式の時に身につけるものです。

この鉄は刃物に作り変える材料で、石を切り裂くこともできます」

賜った品は、鏡五面、石製腕輪九箇、貝製腕輪一箇、勾玉五箇、紐に通した管玉一脈、鉄斧三個、鉄剣三振、直刀八振、やりがんな九箇、鎌二箇であった。

武内司の意図は、大和王権を拡大し、大陸にみられるような国家像を作ることを考えてのことであろう。

佐久王、墳墓造営に取りかかる

佐久王は六五歳になった中秋の名月の日、佐久里(さくのむら)の役員一〇人を集めて第一回目の会合を開いて、日頃考えていた自らが入る墳墓の話をした。

「私は近頃夕方になると疲れを感ずる。物忘れは多く、物を覚えることができなくなり、老境に入ったと思うようになった。私も祖先と同じように墳墓を造りたい。甲斐国は今や人口も増えて大和国にも劣らない国となった。大和国では土を盛り上げて築いている墳墓は、土本毘古王や宮の上王の墳墓より大きい。私は大和国と同じような大きい墳墓を造り甲斐国の力を示したい。甲斐国をますます豊かにして文化も高い住みよい国であってほしいと願う。

墳墓は大丸山塚の西下で、上の平の丘から下に広がる少し坂になっている広場に造ったらどうかと考えている。そこには小さい丘がある。その丘を利用して、その山側の土を掘って堀を作り、その残土を小さい丘の上に盛り上げれば労力の節約になると考えている」

佐久里の役員になっている一人は、

「どのくれえの大きい墳墓にするのですか、作業する人たちの人数や作る日数とか設計図とか専門家や作る方法などの計画を作らねばならんと思うのですが」

佐久王は、

「佐久里の役員の貴磨（たかまろ）など三人が宮の上王が眠る大丸山塚を造ったときのことを知っているので、その人たちと相談してほしい。

大きさは長さ七〇〇尺の前方後円墳で後円部の高さ六〇尺でどうかと考えている。長さの基準は海の向こうの晋国で使っている一尺とする。一尺は人間の腕の骨の長さだ。向山土本毘古王と宮の上王の墳墓を造った経験があるから、七〇〇尺くらいの大きさの墳墓を造る見当はつく。期間はだいたい二年間として、田植の準備が始まる四月から稲の取り入れが終って俵づくりが済む一一月初め頃までは墳墓を作る作業は中止する。作業員を集める範囲は小一時以内、木の影が半歩ばかり短くなったくらいに来ることができる範囲で、墳墓を作る現場に通える里から集めれば一日二二〇人くらいになろう。作業する人を集めるのは甲府盆地の東側から五〇人、中側から四〇人、西側から四〇人くらい来てもらえればいい。来てもらう人は一里二五軒の里では一日六人が四日おきくらい来るなら負担も少なくてすむ。工事は日の出から日の入りまでの時間とする。細かいことが決まったら各里長を集めて話をしよう。準備は怠りなく実行は大胆にしたい。段取り八分といって、準備ができあがれば工事の八分はすんだようなもんだというから細かい確かな計画を作っておきたい」

質問がないか、役員に気を配りながら続けた。

「最後に皆に諮りたいことがある。今日の会を墳墓築造会として発足させたい。私には甲斐国王としての仕事もあって、排水工事や水田を作る工事などで忙しいので、大丸山塚築造に参加した貴磨に会長として会のまとめ役をしてもらう。もう一人を相談役として貴磨から指名してほしい」

という。里役員の一人が、

「貴磨は皆からの信頼が厚く仕事ができる人だから適任だ。それがいい」と賛成した。

そして貴磨は相談役に前里長を指名した。

貴磨は、墳墓を作るまでにどのような事を決めておくことが必要か、その事はどのような順序で決めればよく進行できるか、会合でどのように説明すれば理解が得られるかなど、こと細かく考えを巡らせ、実行をしてくれた。次の会合では、大和の大王家に行こうと考えていると話した。設計図を書いてもらうことと専門家に来てもらって工事の監督をしてもらうことを依頼したいとのことであった。思うように考えがまとまらず、眠れない夜もあったというが、佐久王は貴磨の献身ぶりに目を細めた。

甲斐の盆地の秋は短い。湿り気の多い夏が過ぎると、快適に過ごせる秋はたちまちに終わってしまう。だから里人は大急ぎで農作業に精を出す。穂刈り包丁で稲の穂を刈り込む。刈り取った田ではツボ（タニシ・里の人はツボと呼ぶ）を取り、ためた水につけて泥を吐かせる。ツボの汁物はこの時期にしか食べられない人気の料理だ。女、子どもは大豆や里芋、大根などの取り入れをし、山に栗拾いに行く。山際に住む男たちは猪や鹿を狩り、川辺の男たちは魚を釣る。甲斐の国には山もあり、幾筋もの川があるから食材には事欠かない。しかし、周囲の山の紅葉が山麓から一気に頂上へと進む。そうなるとたちまち霜がおり、甲斐の国は厳しい冬へと向かう。

貴麿は第二回会合を開いた。

「農作業が終らない人もあるかも知れませんが、早めに準備を進めたいので集まってもらいました。

甲斐国に佐久王様の祖先が住み始めて二〇〇年くらいになります。今日まで多くの人の努力で田や畑が作られて人口が増えました。このような豊かな国は他にあまりないようです。前にお話しした七〇〇尺もある大きい墳墓は大和国の他に造ったことはないように聞いています。

王家のおかげで甲斐の国が豊かになったことであります。この国の豊かさを代々伝えていくためにもこの大事業を成し遂げたいと思います。皆さんの協力をお願いしたいと思います」

貴麿はあいさつをした。

出席者の一人が、

「大丸山塚を作った時のことを少し聞いているけれども、どんな作業があるのですけ」

貴磨は、作業工程の流れを話した。

「前回話したとおり、まずは大和の国に相談方々依頼に行くことから始まります。私たちの準備としては作業班を作り、作業員を集める方法を決めておくことが必要です。作業員は日に二二〇人が必要と見込まれ、その人たちが使う道具を作っておかなければならない。

大和の国からは板に書いた設計図を頂けると思うが、その設計図をもとに土を盛つて立体的にしていくかなどを技術者に説明してもらう予定でいます。

墳墓を造る現地に線を引いたり、高さを示す表示の旗を作る準備も必要です。作業の内容ごとに四班を作る。第一班は人集めをする班で、里長会合を開いて出労してもらう人数などを決めます。

第二班は測地班で、今話した現地に土を盛るのに必要な線や高さを示す旗を作って立てたりします。その準備は設計図ができて大和から技術者が来てからになります。

第三班は道具班で、土を掘るための踏鋤や鍬を作ります。それらは木を切って作ります。竹箕作りや土を運ぶモッコを作ってください。それらは稲わらと縄を使って編んで作るから女衆にもできると思います。土を運ぶためには天秤棒にモッコをかけて二人で担いで運びます。天秤棒も作ってください。木を削ったり修理したりするための鉄の道具も用意しておかねばなりません。

それから墳墓の周りに堀を作ります。土を運んで盛り、突き棒で土を突ついて固めますので、突き棒を用意しておきます。この作業は二二〇人を四班に分けてするのでそれに合った道具の数が必要です。

第四班は土盛班です。一三〇人を四班に分けて土盛作業をするのでその指導をしてもらいたい。初めに後円部を四区分して土盛をします。これらの作業が終ってから墳墓の土留めをする石を川から運んで墳墓の周囲に帯のように丸くはりつけます。そのはりつけた石の上方に埴輪という二、三尺の壺や円塔を立てます。これらは粘土で形づくって焼いた土器で、東山の麓の室部に住む埴山毘売（はにやまのひめ）に頼んで焼いてもらうことにします。相談役一一人と一緒に頼みに行く手はずです。

最後に後円部の上に穴を掘って石を積んで王の亡骸を入れる石室を作ります。長さは二七尺、巾四尺、高さ五尺です」

続けて貴磨は、

「各作業班は五人で作り、今集まった佐久里の一〇人と向山里の五人で班長と副班長になってもらって指揮をとってもらいたい。第一班は人を集める係りであるのだから世間をよく知っている人になってもらいたい。第二班の測地班は数の勘定が上手い人に、第三班の道具班は木細工が上手な人に、第四班の土盛り班は人を使うのが上手な人なってもらいたいと思っています。土盛り班は二二〇人を四班に分けて、班員がそれぞれ班長になってもらいたい」

貴磨は一〇人の出席者が今話したことが理解できたかどうかが心配になった。

「今の話はわかりましたか。質問があったらいってください」

というと、一人が手をあげた。

「だいたいわかったけんど、今の話を作業員に伝えるのはいつすすればいいだかなあ」

貴磨は、

「作業を始める日に神主が祭祀をしてくれます。お祓いが済んでから私が大まかなことを話します。そのあと二二〇人の作業員を四つの班に分けて、各班ごとにそれぞれの班長が子細を話してください。班長はそれまでに説明できるように考えておいてもらいたい」

一人が手をあげた。

「俺は人の前で話したことがねえから難しいな」

という。貴磨は、

「私だって人の前で話した経験はなかったけれど､佐久王様と打ち合わせているうちに、佐久王様のためになんとかせねばと思って、次第に話せるようになったですから」

出席者たちはこの話に不安を感じながらも承知した。

出席者の一人が手をあげた。

「各作業班、例えば道具班が道具を作る日はいつにすればいいだかなあ」

貴磨が、

「それは各班ごとに班長が中心になって決めてもらいたい。作業員の人集めのことは五日後に各里の里長に集まってもらって話します。祭事については一〇日後に詳細を決めたい。

墳墓の途中に作る道つまり犬走りと、頂上の平面の周りに立てる埴輪については埴山毘売にお願いして来ました。二八〇箇作ってもらうこととしました。埴輪は家紋の三巴文を透し彫りを入れた壺形と円塔形にします。このことは佐久王様に了解が取ってあります。

それから道の上に三尺の帯状に石をはりつけます。石は事前に川から拾ってきて運んでおかなければならないですが、詳細は工事が始まってから決めたい。

今日の会合はこれで終ります。次回は盆地の里むらの里長さんたちに出労してもらいたいと考えています。人集め班と土盛班が分担して二〇里の里長に出席していただけるようお願いしてください。今から三日後に開きます」

第三回会合は里長二〇人、人集め班長、土盛班長が出席して開かれた。あいさつに立った佐久王は、祖先が大変努力して甲斐国が成立した歴史を説明し、国が豊かになれば民の生活は安定し、文化が栄えれば人民の心に平安がもたらされるであろうことを説いた。

これまでに行ってきた大規模な治水工事においては、甲斐国の人民がひとつになって成し遂げることができた。そのことが大和の大王様に知れ、先般鏡や勾玉などを授かった。これは大和の大王国と対等の国であるに等しい。甲斐国の名誉を後世に伝え、更なる発展を願っている。そのためにも大和の大王様に劣らぬ墳墓造営を行いたいと考えていると話した。

会合の名称を「佐久里墳墓を作る会」と称することとした。第四回目には大和の大王から専門家二人が派遣され、佐久王は武内直（たけうちのあたい）、隼臣（はやとのおみ）の専門家二人を皆に紹介した。武内直は長さ九五〇尺ある垂仁（すいじん）天皇陵を、隼臣は長さ二一〇〇尺ある崇神（すじん）天皇陵を設計及び工事監督をしたつわものである。

武内直は甲斐国にはあまり見られない面長な顔をしていた。悠長な話し方ではあったが、聞きなれない言葉が多く、里長たちの表情は困惑した様子だった。

「私たちは会長の貴磨様らに案内され、向山土本毘古王が葬られている天神塚、宮の上王が葬られている大丸山塚を参拝し、その後佐久王の墳墓を築造する現地を見てきました。甲斐へ来る前に、大和に残されていた両墳墓の設計図を調べてきました。天神塚は中心線の長さが六〇〇尺、後円部の直径が全体の一五に分けたうちの八つ、前方部の長さが一五に分けたうちの七つ、区画割で八対七でした。

長さの基準にする尺ですが、天神塚は漢尺が用いられ、大丸山塚は晋尺が用いられていました。漢尺は晋尺よりも短いですが、今回は天神塚と同じ漢尺を用いて設計しました。

大丸山塚は中心線の長さが五〇〇尺で後円部の直径が全体を一六に分けたうちの八つ、前方部の長さが一六に分けたうちの八つで、区画割が天神塚とは違います」

里長たちには武内直の説明に出てくる数字に対する理解が乏しく、居眠りをしそうになるものいた。武内直は話をつづけた。

「佐久王様の墳墓造成地は、東の山裾に広がる所にあります。父宮の上王が眠る墳墓を仰ぎ見る平坦な場所ですが、山側から盆地に向かって坂になっています。このことはよく覚えておいてください。

まず墳墓の形や大きさについてお話ししますのでご理解していただきたいと思います。形は前に話しましたように前方後円墳という円と四角がくっついたような平面形で、後が円形でその上に石室を作ります。前方が方形つまり四角形になります。大きさは貴磨様たちが大和に来た時に聞いていました。長さは手のくる節と上の関節を継ぐ骨の尺骨の長さを一尺として、これを基準にします」

長さに対する理解が乏しいと判断した武内直は、一尺に相当する紐を使い、身振りを交えながら説明をした。

「設計図を見てください。そこにあるように縦と横の線を引いて四角を作り、これを基準にして墳墓の外郭線や高さを決めます。図の上と右側に数字が書いてあります。上は一から九まで、右側は一から一五までです。七〇〇尺で後円部は八区画、直径三七五尺、高さ六五尺、前方部の長さ三二五尺、高さ三〇尺にします」

武内直は地盤作りについて話を進めた。

「佐久王の墳墓を作るところは坂になっていて、山側から盆地に向かって低くなっています。後円部では二尺五寸、前方部では一〇尺ばかり山側が高くなっています。低いところへ盛土をして、水平の地盤を坂に直行するように作ります。その上にお示しした設計図のような墳墓を左右対称に見えるように作ります。設計図は完成図でもあります。この完成図がなければ工事は終わりません。見たこともない設計図だと思いますけれど、これの完成に向かって一致団結して工事を進めたいと思います。

水平な地盤ができたら上に墳墓の基本線を描きます。中心となる長軸線です。長さは七〇〇尺です。これを一五等分した八区画は後円部、七区画は前方部分です。後円部は東を向くようにします。長軸線の両側四区画離して水平に同じ長さの線を引きます。これを中心線に一五等分にして図のように〇を四と八と一五の点に旗竿を立てます。両側の線を両端でつなげて八等分して、両端の線上の丸〇と丸四と丸八の点に旗竿を立てます。後円部は円を四と丸四の交点を中心にして縄で円を描きますと後円部の外郭線になります。この円の中に四分の一ずつ短くした円を描きますと設計図のようになります。下から二番目と三番目の円は幅二尺の道にします。丸印のところに旗を立てます。旗竿の長さつまり高さは一番下の段は二〇〇尺、次は四〇〇尺、上段は六〇〇尺になり、それぞれ違う色の旗を使います。

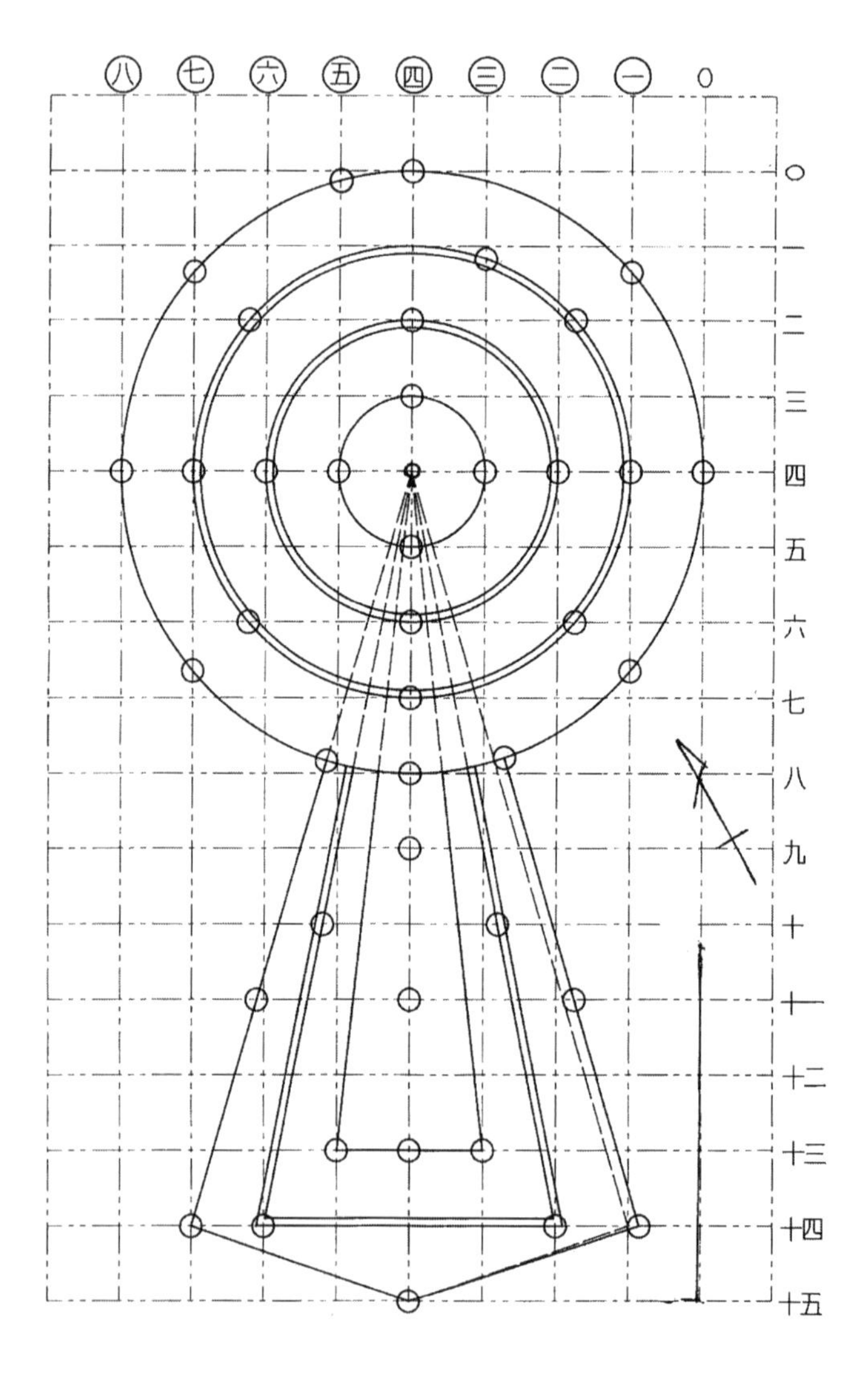
八
七
六
五
四
三
二
一
0
○
一
二
三
四
五
六
七
八
九
十
十一
十二
十三
十四
十五

次に前方部について話します。前方部は後円部の直径より一区画短くします。つまり七区画の長さにします。中心の先端は剣先のような形にします。前方部先端の幅は左右が一区画ずつ狭くなっています。中間に幅二尺の犬走りである道をつけます。そして上には幅二〇尺の平らの部分を作ります。前方部は後円部より低くなります。後円部と前方部との接点から前方部に向かって緩やかに一〇尺だけ登り坂にします。この図では前方部を後円部の高さがわかりにくいですが旗竿につけた布の色でわかるようにします。こうすると前方部の山側の傾斜は盆地側より緩やかになります。旗竿は全部で三三本です。

この作業が終わりますと墳墓の大きさや高さが見えるようになると思います。作業は三日前にするとして、余裕をもって墳墓づくりに取り組みたいと思います。

前方部の幅は六区画で約二八〇尺です。

犬走りと頂上の平坦地は水平にします。墳墓の右側である山側の斜面の坂は左側よりなだらかになります。坂がなだらかになることがおわかりでしょうか。

左右の外郭線、犬走りの道、頂上の平坦地の延長線はすべて後円部の中心点で交じわります。後半部と前方部が繋がる所は流れるように造るので難しいですが、私たちの指示に従って作業をしてください。

それから前方部の先端の中心は少し剣先のように尖っています。また前方部の左側の斜面が急になっていますので少し広がります。このように造ると墳墓の前方からは左右対称に見えます」

「なんだか難しいけんど、大丈夫かねえ。ちっと不安になってきた……」

一人が発言すると、みな同調するようにうなずいた。

「墳墓造営はその土地土地に合わせて作るから、設計図通りにはいきません。今日のところは大まかな流れがわかってくれればよしといたしましょう。地面に墳丘の形の線を引いたり、図にある○印のところに旗竿を立てたりすればわかってくると思いますから」

「犬走りや頂上を水平にするというけんど、水平にするにはどうするのかなあ」

「さっき、スイヘイキというもんを使うだっていってたぞ」

「スイヘイキがわからんなあ」

「三尺ばかりの竹を二つに割って両端の節を残して中の節を抜いて水平器という器を作ります。その中に水を入れて水の高さを合わせます。水平器の端から見通して向うに立てた竹の水平になったところに布をしばりつければ同じ高さになります。使い慣れれば便利なものだと解っていただけると思います」

「ありがとうございました。大変難しいこともありそうですが、佐久王様のおっしゃったとおり、甲斐の国にとって非常に重要な事業になりますので、一致団結をして作業を進めましょう」

貴麿は会を締めくくろうとした。すると、長老が発言した。

「おじいから宮の上王様の墳墓を作るときも相当苦労したと聞いた。佐久王様の墳墓は傾斜地に作るということだからさらに難しくなりそうだ。どうだろうか、実物とそっくりの小さい墳墓を作ってみないか。一〇〇尺を一尺に縮めれば七尺になるから、そのくらいのものを一度作ってみようじゃないか」

「さすが長老じゃな。いい考えだ。武内直様たちに教えてもらいながらやってみるがいいなあ」

「佐久里の一軒で一人ずつ来てもらうか。三〇軒ばかりあるから手は足りそうだなあ」

「作るための土は米倉山の東でとれる粘土がいいじゃないかねえ」

「それじゃあ、明日の朝からはじめることにしよう」

「日の出を合図に集まろう」

「でき上がった墓は、工事を始める式でみんなに見せれば、みんなもよくわかっていいじゃないか」

　武内直が説明している間とは打って変わって、皆の表情に活気が現れた。

「工事をはじめる前に祭事をするっていっていたけど、この際そのことも決めておいたほうがいいじゃないのかねえ」

　ふだんから細かいことを気にする質の男がいい出した。

「工事始めの式をする日に女の子が稚児の舞を奉納したらどうでしょう」

　富士の山の近くから参加した里長が発言をした。

「舞をするには五人くらいの女の子が必要なんだが……。笛や歌の練習をしないとならないぞ」

　富士の山の里長に連れ添ってきた若者が発言をした。

「佐久王様のご長男が神主だから、おねがいしてみたらどうかねえ」

　貴磨は、

「それでは、私のほうからご長男にお願いをするということにしておいてください」

と決まった。

翌日から仮の墳墓制作が始まった。里長の中でも一番若く、頭の切れるサクスケと貴麿が武内直から指導を仰ぎ、それをかみ砕いて作業員に伝えていった。作業には道具班などの四班の長らにも参加をしてもらい、作業の流れの中で各班で必要なことを認識をさせた。

一〇日が経ち、墳墓の模型は完成し、佐久王は貴麿からの報告に安堵した。

三日後には工事に際して現地へ道具を運び入れるなどの準備が整った。佐久王は貴麿に連れられ現地に赴き、改めて武内直と隼臣に頭を下げた。


工事始めの祭事の日、佐久王はこの日のためにあつらえた衣装を着て、長男らとともに祭事に臨んだ。空気は清み、抜けるような青空が高く広がっている。刈り取られた後の稲株が一面に広がり、その先には夏の名残を残す山景色が彼方に見える。ツクツクボウシが、まるで秋の訪れを知らせるかのようにせわしく鳴いている。

佐久里と向山里、各里から来た役員は白装束の正装をしている。各里から野良着を着て真新しい草鞋(わらじ)をはいた作業員たちが並んでいる。作業員たちは自分の里以外に知っている顔はいないのであろう、緊張した顔である。

祭壇に向かって前列に里役員が並ぶよう、貴麿が取り仕切っている。その後列に作業員が、さらにその後列に各里の住人が、盆地の東側と中側、西側に分れるよう正列させていた。貴磨は自己紹介に続いて、佐久王のあいさつを告げる。

「甲斐国は二百年前に我々の祖先が移住して来た。農耕地が少なく、また水難の多いこの地を拓くため、人民の力とともにたえまない努力を重ねてきた。禹之瀬の岩をけずり、水路を作って沼の水を排水して田を拓いた。そのおかげで人口は増え、文化を高めて甲斐の国は豊かになっていった。

これからも我々は甲斐の国発展のため、助け合い、力を合わせていかなければならない。本日から大和の国にある墳墓と同様の立派な墳墓を作っていく。大和から招いた技術者の指導によって築いていく。私が死んだのちに入る墳墓であるのだが、私利ではない。甲斐国全体の力の象徴である。心して工事に励むことを切に願う」

佐久王のあいさつに続き、貴磨は佐久王の長男が神主として祭事をつとめることを述べ、祭事の開始を宣言した。

神主は榊の枝をもって進み出で、艮（北東）、巽（南東）、乾（南西）、坤（北西）と四方の隅で枝を大きく左右に三回振って邪気を払った。

「頭をおさげください」

貴麿がみなに告げると、神主は人前で枝を上げて大きく三回振る。貴麿が「降神の儀」といい、神主は「ウォー」と大きな声を上げた。叫び声は神を天から呼びおろすためである。次に「献饌の儀」となる。神主は山の幸、川の幸、御神酒を神前に供える。続いて佐久王は祝詞を奏上する。

「かしこくも大神の御前にてかしこみかしこみ申す。我祖先は右左口の土本毘古王、その子宮の上王がうまし田を作り栄えて清き土地を慎め土を盛りて墳墓をきずく。その子佐久王が我墳墓を築かんとす。たくみ人がけがもなくすみやかに終らんことを願いあげかしこみかしこみて申す」

言上後、土地の神の御前にて榊の枝を三回振る。

「忌鍬(いみくわ)・忌鋤(いみすき)の儀」と進み、佐久王と各里の代表者一人が鍬をもって土地を掘り起こす動作をする。続いて「玉串拝札」。用意した榊の枝を佐久王から順番に五人が奉納する。「撤饌の儀」と続き、供物を神前から下げる。最後に貴麿が「昇神の儀」を告げ、参加者に頭をさげるよう告げ、神主が「ウォー」と叫び、祭事は終了となった。

凛と張り詰めた空気のなか、神事を任された長男が祭壇の前に立った。成人の儀式を済ませて間もない長男ではあるが、佐久王のあとを継いで甲斐の国をまとめて行かねばならぬ長男の姿に、凛々しさを思う。佐久王は、墳墓造営の工事の無事とともに、長男の成就と甲斐国の安寧を祈った。

祭事が済むと参加者の代表が杯につがれた御神酒を飲んだ。みなが御神酒を飲み終ると貴麿は「稚児舞」の奉納を告げた。赤い着物を着た五人の子どもたちは、榊の枝を手に持ち、笛の音と母親たちの唄いに合わせて舞う。

「今日のよき日に　王様の墳墓を作る　甲斐の国がやすらけくおだやかな国になりますように」

子どもたちが三回繰り返すと周囲から拍手が起こり、子どもたちは頭をさげた。

祭事が全て終わると貴麿は、帰りに向かう皆に声をかけた。

「祭壇の横に墳墓の模型があるからしっかり見ていってください。明日からその模型のような墳墓を作っていきます」

貴麿が佐久王に向かって頭を下げた。佐久王は貴麿に「よろしく頼む」と声をかけた。

翌日から工事は始まった。

貴麿は作業員に向かって、事前に決めた四つの班に分かれ、各班の班長から指示を聞くようにと声を張り上げた。作業の細かいところは武内直と隼臣が見回りながら指示をしていった。

土盛班は指定された箇所の土を掘り、土をモッコに入れて天秤にして二人係りで運ぶ。土を下すと、待ち構えていた作業員が鍬で平らにならす。丸太を抱えた者は丸太を突きながら地を固めていく。この作業を一日中繰り返すのだが、非常に重労働であるため、翌日は次の班が行う。

土が積み上り、締固めが終わると次は丸みをつける作業に入る。道具班が作っておいた竹を使い、土盛りを丸く形作っていく。

「竹がこんなに曲がっているけんど、どうやって作っただあ」

土盛り班の一人が道具班の持ってきた竹を不思議そうに眺めた。

「武内直様に教えたもらっただよ。竹を火であぶって熱いうちに丸めるとこうなるだ」

道具班の班長は自慢げに話した。

道具班の作業員たちは武内直の指示に従い、曲がった竹を地面に並べていく。盛土班はその竹の曲がり具合に沿って土を削り、足りないところには土を補い締め固めていった。

隼臣は水平器をのぞきながら武内直に声をかけ、武内直は高さを調整しながら旗竿を立てていった。

「武内直様、今度は何を作るですか」

土盛り班の班長が訪ねると、武内直は犬走りを作るのだと答えた。土を上に盛り上げていくためにらせん状に道を作っていく。作業員たちは犬走りを使って土を上に運び上げていくのだ。そのらせん状の道の高低差を見ながら旗竿を刺したり抜いたりしながら作業を進めていった。

最下段に立てた旗の高さ一一〇尺で人の背丈の倍以上もある高さだ。その高さまで土を盛って締め固めていく。一段目の犬走りを作るだけで一ヶ月もの日を要した。土盛り班の労力もさることながら、道具班も忙しかった。わらで編んだモッコはすぐに穴があき、天秤棒は折れてしまう。普段ならば長く使える道具であっても、酷使するため寿命は短かく次から次へと補給しなければならなかった。

農繁期には作業を中止し、稲刈りが終わってから再び作業を開始した。しかし暑さも寒さも和らいでいる盆地の秋は短い。たちまち北風が吹き、砂埃が舞い上がる。この北風は八ヶ岳颪と呼ばれ、北のほうから荒川の川面を走るように吹きおろす。早めに冬支度をしないと、茅（かや）で葺いた屋根など吹き飛ばされてしまう。風の猛威が収まると本格的な冬に入る。大事な食糧である柿の実は葉ごとすべて落ち、飲料のために貯めておいた水には氷が張る。

冬になってしまえば地面も凍ってしまい作業が遅れてしまうから、長老が土を掘る場所には厚く稲わらを敷くといいと教えた。稲わらだけおいたのでは風で飛ばされてしまうから、その上にムシロやネコザを敷くという。道具班はさらに忙しくなった。

里むらの民たちは農閑期だからといって仕事がないわけではない。農業に使う袋作りや縄作り、寒さに備えるための炭づくりなど、冬にやらねばならない仕事は山ほどある。冬は寒さに加えて食べ物が不足し、生きるのに過酷な季節であって、ただでさえ人の命を奪うことが多い。そこにこの年は墳墓づくりの作業が重なっている。

病に倒れるものも出てきた。家の仕事ができず冬が越せないと訴えるものも出てきた。佐久王は貴麿からの報告で現状を知り、氷が張る間は作業を中止するよう里長たちに申し伝えた。

年が明け、梅の枝に蕾が着き始めたのを見計らって作業は開始された。貴麿は、士気の下がっている作業員を見つけては励まし、時には叱咤した。班長に檄を飛ばすこともあった。佐久王はその様子に貴麿の焦りを感じた。責任感の強いがゆえになされることかもしれぬが、目に余るときには貴麿を呼び、諭した。

「焦らずともよかろう。私はまだ死なぬ。工事が延期されてもかまわぬ。それよりも民の心が離れてしまっては元も子もない。民に無理をさせてはならぬ」

「しかし、武内直様たちに申し訳が立たないかと思いますが」

「そのような心配は不要だ。隼臣はいかつい顔をしているが、ああ見えても気の優しい男だ。大和の人間は甲斐の者と違って、おっとりしているんだ。甲斐よりも温暖な気候がそうさせているんだろう。しかし甲斐の男たちは気が荒いなあ。ちょっとしたことでいい合いになったり、ときに殴り合いになったり、私は作業を見ていてハラハラしているぞ」

佐久王は「ハッ、ハッ、ハッ」と笑い声をあげて見せた。


工事開始から二度目の農繁期に入る時期となった。武内直は作業員を集め、工事の進捗状況を報告した。前方部の土盛りは残り一〇尺を残すのみになったこと、後円部は仕上がったことを述べると、作業員たちからは歓声が上がった。

貴麿は、歓声が静まると作業員たちの労をねぎらい、第一期工事の終了を告げた。佐久王は貴麿の安堵した表情から、貴麿の成長を感じ取った。

第二期の工事は墳墓前方部を中心に行われた。第一期よりも難しい工事となるため、各里長には米の収穫が終わり次第出労してくれるよう要請をした。里長たちは秋に稲刈り後に行う農作業の人出と墳墓の出労を並行して行わなければならないことに難色を示した。貴麿は形が後円部より複雑であり、特に前方部との取り付け部分の工事が非常に難しいため一日も早く出労していただきたいと、各里を回って頭を下げた。

前方部の地盤は急傾斜で、後円部の地盤より一〇尺四寸の落差がある。武内直と隼臣は水平器を覗きながら慎重に旗竿を立てていった。作業員は日ごとに数を増し、紅葉が深くなるころには予定通りの里人たちが集まった。秋は日の落ちるのも早い。日当たりの悪い土壌はたちまち凍ってしまい、土盛り作業は非常に難儀であることを、作業員たちは昨年思い知らされた。そのため多少の無理もいとわず、日の出とともに予定以上の人員で作業を進めた。

だが隼臣は土盛りの班長を呼びつけ、急がないよう注意した。土を締め固めることを急いではならない、時間をかけて突き固めることが肝要で、急いで崩れでもしたら台無しになってしまうことをいい聞かせた。大概の指示は貴麿を通じて行っていたが、せわしなく作業する姿に、隼臣も見かねたのだろう。

それでも冬支度に入る前には中段の犬走りまで積み上った。

冬季の作業休みが終わり、梅の蕾を合図に春の作業を開始した。梅の花が満開を迎え、その花が散り終わると墳墓の土盛は完了した。佐久王は貴麿に連れられ、武内直、隼臣とともに墳墓全体が見渡せる高台に上った。武内直から工事状況の説明を受けた。壮大な墳墓を前に、身の引き締まる思いを感じた。あと何年生きられるのかわからないが、甲斐の政に不足はないのだろうか、やり残していることはないのだろうか……。

「王様、何かご不満なことでもありましたか」

貴麿の声で我に返った。

「いや、……」

「腕を組まれたまま、怖い顔をされて身じろぎされないご様子ですから」

武内直が、

「ご不満があればすぐに直させますから何なりとおっしゃってください」

と不安げな顔をした。

「不満なぞない。立派な墳墓になりそうぞ。ありがたい。さて、戻ることにしようか」

佐久王は多くを語らず、帰路についた。

工事は最終段階に差しかかった。土盛班は、三尺の帯状につけた犬走りの上に土留め用の人頭大の石を運び置いた。また東山の麓の室部で焼いた埴輪をモッコで担いで運んだ。三巴の透し彫りがついた埴輪三〇〇ヶ、高さ二尺の壷形や円塔形のものがある。埴輪に傷をつけることは不吉なことであるから、一つひとつを丁寧に布で巻き、作業員たちは抱きかかえるようにして運び入れた。佐久里班と向山里班は犬走りに穴を掘り、埴輪の底を埋めて立てる方法で並べていった。

石室造築作業となった。この作業が最も重要で難しいものだ。武内直と隼臣は事前に川原を散策し一尺ほどの石を見繕い、石工に形作らせておいた。盛土班の作業員たちは石板が入るように後円部の中心を掘った。

南北の長さ二八尺、東西の幅一一・八尺、高さ五尺。佐久王の眠る石室が完成した。

佐久王の長男は、雲の流れや木々の芽吹きを見ながら、竣工式にふさわしい佳き日を決めた。その日はちょうど桜とスモモの花が紅白に咲きそろう日であった。

佐久王と夫人は白装束をまとって臨んだ。長男は神主らしく白衣をまとい烏帽子をかぶった。貴磨をはじめ里むらの役員は、この日のために洗い張りをした衣装を身に付けた。作業員たちに正装と呼ばれるほどの衣服の持ち合わせはなかったが、ほころびの少ない衣をまとい参列した。

「まずは無事に大事業が完成したことを皆とともに喜びたい」

佐久王は大衆の面々を見渡した。

「武内直様、隼臣様お二人には何年にも渡って監督という大事な職務をまっとうされたことに礼を申す」

最前列に並ぶ武内直と隼臣らに頭を下げた。

「国にとって重要なことは、人民の心が一致することである。ひとつの目標に向かって突き進むことこそよい国づくりには欠かせないこと。天の神、大地の神、山の神、水の神、すべての神は皆の行動を見ておられる。神に抗うことなく正直に生を全うする、さすれば神々の怒りは静まり、安寧な世が続いていくことであろう。私はいずれ政を次代に譲り、肉体は大地に眠る。精神は天に昇天をして甲斐の国を見守っていくこととなる。甲斐の国の弥栄を願う」

佐久王の言葉に大衆は涙した。

祭事は設えられた祭壇で執り行われた。四方に柱が建てられ、注連縄が張り巡らされている。注連縄には布が吊るされ竹で囲われ榊の枝でおはらいが行われ全ての儀式が終った。

佐久王はこの二年後に没した。

葬送は夕方日が落ちてから松明に火をつけ、五色の旗を先頭にして参加者達が送列して行われた。民らは佐久王の死を嘆き悲しみ、三〇日の喪に服した。長男は権力を継承する儀式として、一夜石室の中で佐久王と共に寝た。

佐久王の長男はのちに北にある浅川扇状地に移って農業を広め豪族となり、八代銚子原に墳墓を造った。

第二章　酒折宮で御火焼之老人が倭建命を迎える

甲斐国甲府盆地の東側は肥沃な扇状地であるため、農作物の生産性が高く人口が増加していった。

この地で権力をふるったのが波多八代宿弥である。波多八代宿弥の父は建内宿弥で孝元天皇が祖である。母は向山土本毘古王(袁耶本王)の子孫であり、向山土本毘古王は開化天皇のとき、皇族に組み入れられたのであるから、由緒ある家系である。

波多八代宿弥、館を建設する

波多八代宿弥は、父建内宿弥から、
「お前は母方の親戚から嫁をもらうがいい、右左口の佐久里にお前に似合う娘があると親戚の人から聞いているので、その娘と結婚しなさい」
といわれたが、

「俺の嫁は自分で決めたい、佐久里の娘に会って気に入ったら嫁にもらう」

と父のいうことは聞かなかった。

波多八代宿弥は、自らの意思で佐久里の女性と契りを結び四人の子供をもうけた。王家の子孫であり、更なる実権を握りたいと考え、自らの館を作る計画を立てた。


波多八代宿弥は作業従事者を集めて説明をした。

「館全体の大きさは東西の長さ一一〇丈、南北一町である。周りに幅二丈、深さ一〇尺の堀を巡らせる。東と西の土塁の北に小さい土盛りをつくって、物見櫓をおく。

堀を掘った土は内側に積み、掘立柱高床式の神殿、竪穴式の住居五棟、掘立柱高床の倉を造った。そこには来年の秋まで食べる三〇俵ほどの籾や大豆などを入れる。神殿は艮の鬼門にあたる所にある大木の桧の下に据える。柱は栗や桧、梁や桁は松や杉、板は杉を使う。屋根は茅葺き。床には藁を敷く。

館を作る際に基準とする長さを計る尺棒はくるぶしから肘までを基準とする。その長さを一尺とし、基準に沿った尺棒を作って使用する。

竪穴式家の作り方は、まず東西が一一間三尺より少々長くする。家族六人が寝る広さだ。

そこを一尺の深さに掘る。夏は涼しく、冬を暖かく暮らすための工夫である。次に家の柱をはじめに立てる。すべての柱の上は二股になった木を選んで切り、梁桁を受けるようにして同じ長さにする。二本の柱の根本を柱穴につけて横にねかせて二股の上にのせた梁を柱に結びつける。もう二本も反対側で同じようにしておく。結んだ柱の上を藤蔓で結びつけて皆で引っ張って穴の中に立てる。もう二つの柱を同じように立てて梯（はしご）をかけて梁（はり）の両側に桁（けた）をのせて柱に結びつける。細い丸太を梁と桁にかけて結びつけ、その上に細い丸太を横にして結びつける。

北側には石と粘土でかまどを作って煙穴を外に出す。苫口（とまぐち）は南につけてわらで編んだ苫をつるそうと思っている。

かまどの上に火棚、囲炉裏の上に天井からつるした棚、格子をつける。これは肉や魚をのせて調理するためのものだ。かまどの近くに火の神を祀る棚をつける。家の高さはだいたい二丈くらいだ。

柱を立てる穴を床に四つ掘っておく、深さは一尺ばかりだ。四つの穴の間は一間二尺。

私と棟梁で一軒の家に必要な材木の数を見積もると次のようだ。柱は一間三尺、柱と柱をつなぐ梁と桁は一間四尺を二本と一間三尺を二本である。屋根の下地にする細い丸太は三尺おきにすれば二〇本、これは梁と桁に立てかけて、下は竪穴の外にする。この細い丸太の上に七段ばかり横につなぐ細い丸太はおよそ五〇本。これを五軒分と、お倉と神殿に使う。

この仕事をしている間にかまどやお荒神さんを祀り火棚も作る。屋根は必ず茅の根を上にして下方から葺いていく。最後に床に稲わらを敷いて完成となる」

嫁をもらったばかりのヘイスケが下を向いたまま肩を揺らしている。

「ヘイスケ、聞いているのか」

中年のゴサクが強い言葉を投げかけてヘイスケの肩をたたいた。

ヘイスケはびっくりした様子で顔をあげた。

「ヘイスケにとっては初めての仕事だから、説明を聞いてもわからないことが多いずら。俺らは今までいろいろな屋敷を作ってきたからなんとなくわかるけんどなあ」

長老が居眠りをしていたヘイスケを慰めるようにいった。

「波多八代宿弥様、神殿の作り方の説明をお願いします。わしら、神殿を作った経験が少ないからていねいにお願いしやす」

作業長のゴサクがいった。

「高床式掘立柱の神殿の作り方は次のとおりだ。

神殿は鬼や病気が艮（東北）から里に入ってくるのを防ぐためでもある。大きさは東西二間南北一間半、高さ二丈、床は地上四尺の高さで板の床をはる。壁は板ばりで、入口は扉で東につけ、丸太に彫みをつけた梯子を立てかける。屋根は切妻として茅で葺く、東と西に建物から一尺離して棟を支える掘立の棟持柱を立て、屋根の上に鰹木と千木をのせる。これは社だけにつけるもので棟持柱とともに特別のものだ。鰹木は二尺の丸太で中程を太くする。千木は長さ三尺で太さ二寸。

四本の柱は一丈二尺、二本の棟持柱は二丈、床と壁板は杉を縦に斧で割って手斧で削って作る。柱を立てる時は竪穴式家と同じように柱穴を掘って横にした柱に梁を結びつけて藤蔓で引っ張って立てて梯子をかけて桁を梁にのせて藤蔓で結べばころばない。

お倉は神殿と同じように建てるけれど、棟持柱、千木鰹木はつけなくて一つ違うのは床の下の柱に丸い一尺の板で柱を囲むようにつけてねずみが登れないようにねずみ返しをつけることだ。私たちが食べる食糧をネズミから守るためだ」

波多八代宿弥の説明が終わると作業長は、

「農作業がだいたい終わったころ、本格的に作業を始める。それまで各班は班長の指示に従って準備のできるところは進めておいていただきたい」

　と述べ、説明会を終えた。


稲の収穫が終ってから造りはじめた工事は順調に進み、冬が始まる頃にはできあがった。

役員の一人が、

「館と社をつくったら、館の中でお祭をしたらどうでしょうか。毎年秋に収穫祭をして米で酒をつくり、川でとれた魚や栗や里芋を社に供えて、毎年夜通し踊りを盛大にすれば八代里が栄えるもとになるではないでしょうか。八代里の祖先は昔海の向うから来た人たちだったという言い伝えがあるから祖先を祀る祭にもなると思います」

「神さんは大和の都では豊受神(とようけのかみ)っていうらしいですど」

別のものも発言をした。

波多八代宿弥は、

「私の兄妹九人は父建内宿弥の死んだ時に丸の外側を九つの小さい丸で囲んだ印をつけることを考え、九曜星と名付けた。九曜とは真中の丸をお日様として、その周りを回る月、火の星、水の星、木の星、金の星、土の星だと海の向こうでは言われているそうだ。金の星っていうのは宵の明星とか夜明けの明星という意味だ」

九曜星の説明をした。

「その月は幾日もかかって西から東へ向って動いて東山の向うに沈んで明日の夕方は東山から出てきて、月はかくれて暗くなるので、五つの星は他の星と違う変な動きをする」

と付け加えた。

波多八代宿弥一族の家紋を九曜星とした。

館が完成して、館の中で住民が参加してお祝いの祭が開かた。祝詞が八代宿弥によって奏上され、社の中にお供え物を供えた。

倭建命、甲斐に入る

倭建命（わたけるのみこと）は、大和（やまと）にある纏向日代（まきむくひしろ）の宮殿に居た景行（けいこう）天皇に呼び出された。

「九州制覇し大変ご苦労だったが、もう一苦労してもらいたい。

今は大和の東にある国では財力をたくわえ住民を従わせて大きい墳墓をつくり我々の朝廷に盾をつく豪族がいる。海の向こうの地に住む皇帝は大和の都に圧力をかけ、また舟で渡ってくる人たちも居る。

倭建よ、東の地に行って荒ぶる蛮人の従わぬやからを、平和のうちに大和の朝廷に従うように仕向けて来てくれ」

倭建命は、

「九州から帰って未だ疲れが残っています。兄さんを行かせて下さい」

といった。だが天皇は、

「そなたの知恵と勇気が天地を治め、道を開くのだ」

といって、倭建命の言葉をさまたげた。

「従者は賢明な三人をつかわすから伊勢神宮に行つて叔母の大和比売命を訪ねよ」

そういい捨てると、奥に引きさがってしまった。

倭建命は、これ以上天皇の命令にそむくことは出来ず、各地の豪族の経歴を調べ、東の地や甲斐の豪族などかつて訪ねたことがある親戚に様子を聞いた。

倭建命は草木の芽から青葉になって春の暖かさが感じられるようになって旅立った。最初に伊勢神宮を訪ね、神宮を拝んでから叔母の大和比売命に、

「景行天皇は西方の熊襲に住む悪者どもを討ちに私を遣わして、都に帰ってから未だいくらも時は経っていないのに、また東方の十二国の悪者どもの平定に私を遣わされたのです。やはり私なんか死んでしまえとお思いになっていらっしやるのです」

と嘆いた。

大和比売命は、後に天皇家の三種の神器となる草薙剣と火打石が入った袋を渡してくださって、

「もし火急のことがあれば、この袋の口を解きなさい」

とおしゃった。

倭建命は駿河、相模、上総、常陸の新治、筑波に住む蝦夷共（アイヌ人を含む東国の人たち）を平定すると、甲斐に向かった。途中、東海道の相模にある足柄の坂本で従者一人を残し、二人は都に帰らせた。足柄峠でひと休みし、富士の山を左に見ながら河口湖畔を通り、大石峠を越える。大淵谷に出るとその峡谷は左右が切立っていた。この地は一五〇年前に仲麿たちが甲府盆地に入る前に渡った峡谷の源流である。

山の中に入り木々の間から木漏れ日を見て獣道である鳥坂峠から山の頂上に出た。頂上からは甲斐の盆地が眼下に一望できた。

この頂上から見える山で囲まれた盆地は手前に東の山から西に見える低い所にむかって平で緩やかに傾斜地が広がっている所（扇状地）と丘陵がある。その向うの低い所には大きい岡がいくつかあり、その岡の間に小さい丘や芦原、沼、水田らしい所もあり人が働いている。沼の水が日の光を照らしている。起伏に富んでいて、いくつかの岡の上には二〇～三〇軒の三角屋根の住居が見え、木もある。栗林や団栗林らしい島もある。この中を縫うように大河が二本見えて南で合流しているようだ。その先には鰍沢の禹之瀬があり大河の出口となり峡谷に入っている。西の山際には湖らしい所がかすんで見える。その向うには未だ雪をいただいた連山が左から右へと長く聳えていて神ごうしい。三つの大きい峰があって真中の峰に沢があり雪の影によって鳥が両羽を高く上げたような姿が見える。晩春になった今、農業が忙しくなる頃最も優美に見えるので農鳥と言っている。この北には屹立した八ヶ岳の峰みねが、その北には茅ヶ岳があり火山であるので裾を長くひいていて美しい。この盆地を国中と呼んでいて周囲を高い山で囲まれた国中は甲斐の国らしく見える。

波多八代宿弥とはどんな人物なのだろうか、一刻も早く会いたい思いが強まり、足取りが軽くなっていった。太陽は午後の日ざしになって眩しかった。

倭建命は、

「朝から登り坂だったので疲れた。日陰で休もうか」

二人は岩の上に腰かけた。

「熊や猪、鹿狼狐かも鹿も居そうな山ですね。北には大口山が見えます。大口とは狼のことです。獣が食べる栗や団栗、胡桃の木もあります。狐や猪の皮を塩でなめして毛皮を作ります。登ってくる時に雉や鶯の鳴声が聞こえました。獣道もあるようですが細い道で茨を坂り払いながら、倒木をまたいで進まなければなりません」

従者は甲斐のことを知っている風に話をした。

倭建命は、

「今日は波多八代宿弥に会えるだろう。どんな人だろうか。大和で聞いたところでは初老のようだ。最近は甲斐に行く用事も少なくなっているけれど、昔は鏡や刀、玉類などさまざまな宝を持って来ることが多かったそうだ。甲斐は山また山に囲まれていて、米もたくさんとれて今も豊かだという。人びとが増えて村も多くなって代だい勢力を継いだ、力をもった人が、七〇〇尺（一六八メートル）もある巨大な前方後円墳をつくったそうだ。その人の子孫が波多八代宿弥だと聞いている」

従者は、

「馬を飼ってると聞いていますが」

倭建命は、

「そうだ、甲斐の黒駒は有名だな。その馬をぜひ大和朝廷に献納してもらいたいと思って、珍しい特別な鏡を一面もって来た」

従者は、

「馬をもらったお礼に甲斐にはない馬具を贈ったらどうですか、献納しに大和に来た時に」

「そうだな、そう話そう」

「今日館についたら社にお参りしなければならないでしょう。夜は旅で知った珍しいことや、大和の都のこと、海の向うの人びとのことも話すといいですね」

「甲斐には海の向うから来た人が大勢入って水田を開いたりしているそうで、その子孫は文字と言うものを知っている人もいるかもしれないです。二日目には近くに住む波多八代宿弥の知人や親戚の家にも行ってみたいですね。そしてもう一晩泊めてもらって三日目には前方後円墳を送った子孫に、波多八代宿弥の親戚の人達を訪ねて馬を欲しいことなども話しますか」

従者は提案をした。

「そうすることとしよう。我われの旅ももう半道中を過ぎたな。大和の人達も皆元気だろうな。そろそろ出発するか。今日は館に早く着きそうだ」

二人は元気をとりもどして出発した。蔓を切り払い倒木をまたぎながら進む。時おりバサバサッと鳥の群れが飛び立つ。茨の道を過ぎると坂道はゆるやかになり広い丘の上に出た。

倭建命は、

「馬がいるぞ。五匹だな。堀と土堤で囲み土堤の上には木杭を立て、竹を横にして、しばりつけてある。牧場だ、馬は濃い栗毛で美しい肌をしている」

従者は、

「何よりも馬としての体形がいいですね」

倭建命は、

「さすがに甲斐の黒駒だね。南まで丘陵が続いているけど、向うにも牧場はありそうだ」

「そうですね。南にある波多八代宿弥の親戚でも牧場を持っていそうですね。」

さらに二人はゆるやかな坂を下りて行くと若夫婦が畑仕事をしている。

従者が、

「こんにちは、暑いですね」

と声をかけると兜を冠り腰には剣をつけた武士の姿を見て驚いた様子だった。腰までの短い鎧は背中の稲わらで作った入れ物に入れてあった。

「こんにちは、今日は日ざしが強くて暑いです。どちらからお出になったのでございますか」

農夫は丁重な物言いで深く頭を下げた。甲斐には遠くから来た旅人を希人と呼び、丁寧に接する習慣があるのだという。

「私達ははるばる大和の都から来ました。甲斐は良いところですね。今は何の仕事をしているのですか」

倭建命も農夫に従って丁寧に接した。

農夫は、

「鍬で土を盛り上げて畝を作って菜の種を播くのです。明後日には芽が出てきて、二〇日もすれば食べられる大きさにはなります」

従者は、

「どうやって食べるのですか。おいしそうですが」

「えーと、引っこ抜いて根を切り、桶に入れて上から塩をふって重石を載せて、それから五日くらいたつと水が上がればおいしく食べられます」

「いいですね。子供さんは」

と従者は家族のことや子供達のことを聞きたがった。

妻が、

「小さい子供が二人あります。今日は村の子供達と遊んでいますよ」

「どんな遊びをするのですか」

「そうですね。道に七つの輪を書いて片足で跳んだり、両足を輪に入れたりしています。かくれんぼもします。時どき一緒に子供達を連れてくることもありますよ。」

「一緒に来て畑仕事を覚えさせるのですか」

「そうです。この村の人達は皆んなそうして覚えさせます」

従者が、

「楽しそうですね。お仕事中お邪魔しました」

妻が、

「お気をつけて旅をしてください」

と言う。倭建命達は今までよりゆるやかになった道を下りて行くと、中年の夫婦が先に見えてきた。

近づいて従者が、

「こんにちは」

と声をかけると夫婦は振り向いて武士姿を見て驚いた顔をした。夫が、

「あのう、どちらからお出でになったのですか」

と尋ねると倭建命が、

「私たちは遠くの大和の都から波多八代宿弥に会いに来ました」

「それは大変でしたでしょう。どのくらい日がかかりましたか」

従者が、

「そうですね三〇日くらいでした。危ないこともありましたがやっとたどりつきました。甲斐は暑いですね」

夫が、

「甲斐は日ざしが強いので春でも暑いのです。日ざしが強いから日焼けして顔や手が浅黒くなります」

こう聞けば二人は先ほど話をした若夫婦も色が浅黒かったことに気が付いた。道で行交う人も浅黒かった。

「この辺りの畑は土が黒くて良い土地ですね」

「そうです。この畑は私のおじいとおばあがここに移り住んで拓いたので、私達で三代目です。木の葉や草を腐らせて畑に入れると腐葉土になりますから」

従者は、

「何を作るのですか」

夫は、

「少し前までここには麦をつくっていました。麦わらを焼した後です。麦は去年の秋に播いて芽が出て三寸ぐらいになり、甲斐の厳しい冬の寒さで霜柱が立つと浮き上がるので二回くらい足で踏んで根づかせます。麦踏は子供達がします。寒さに堪えた麦は春たけなわの頃に黄金色になって実ります。それから実だけを刈り取ってから、麦わらは火をつけて燃します。畑に見える黒いものはその炭です。実は粉にして、水で練って左手で握って団子にします。団子を甕に入れ、菜やねぎ、大豆や食べられる野でとった若草などと味噌を入れてごった煮にしておすいとんにするとうまいもんですよ」

従者は、

「本当においしそうですね。ちょっと教えていただきたいのですが、波多八代宿弥の館はどこにあるのですか」

夫は、

「この道を真直下りると村があります。道の左側に土壘と堀で囲まれた館があります。そこに親方はいます」

二人はこの土地の人達は波多八代宿弥を親しみをもって親方と呼んでいることを知った。

その道を下りて行くと村に入ったところで子供達が遊んでいた。竪穴の上に三角の茅葺屋根があり、草葺の小さい屋根と草束で囲んだ掘立小屋があって、小屋には馬が二頭が居て、この三つの建物は一家族のものであった。

二〇～三〇軒の集落である。

木ぎは日影を長くのばして、夕日が山やまを照して茜色になって美しかった。

波多八代宿弥の館と思われるところに着いた。館は堀と土堤で囲まれている。

入口は北にあって、堀を渡って中に入ると老人がいた。

「我は遠く大和から波多八代宿弥を訪ねて来ました。ご存じですか」

老人にたずねた。

老人は、

「貴男が甲斐に来ることは、父の武内宿弥から聞いています。ああ、名乗るのが遅れました。私は甲斐の東の王、波多八代宿弥と申します」

「我は倭建命、この従者は遠い国の吉備臣の子孫です」

と名乗り、深々と頭を下げた。

老人は、

「ちょっとお待ちください」

と言ってたき木を持って来て松の葉に火打石で火をつけた。たき木は静かに燃え始めた。火は清浄であることを表していて希人を迎える時に行う礼儀だ。希人は最初に敬意を表して神が祭ってある社に参拝しなければならない。

この老人こそ酒折宮で倭建命と問答歌をかわした御火焼翁（みひたきのおきな）その人である。老人こと波多八代宿弥は丁寧に家に招き入れてくれた。

倭建命は、社にお詣りをさせていただきたい旨を申し出ると、波多八代宿弥は社に案内をしてくれた。

波多八代宿弥は竹と松の根を割って束ねて火をつけた松明（たいまつ）を妻から受け取ると、竪穴住居を出て、倭建命と従者を案内した。社は館の中の艮（うしとら）（東北）の鬼門の方向にあった。

「おお、これは立派な社ですな。大和にある社と同じですね」

波多八代宿弥は大和の大工から伝え聞いて建てたのだけれども、難しかったといい、

「社は間口二間、奥行九尺の掘立柱建物で床は四尺ばかり高くなっていて床の下は柱があるだけで何もありません。屋根は切妻造りの茅葺で、棟に千木を立て三尺の丸太で作った鰹木を五本のせてあります。建物の壁は板で窓はなく、東壁と西壁の外に棟を支える柱を立てた特徴ある建物でなのです。入口は東にあり、一本の太い丸太に足をかける切込みを一尺おきに刻んだ梯子がかけてあるのです」

波多八代宿弥は梯子を登って扉を開け、倭建命と従者を招き入れてくれた。

波多八代宿弥は立ててある棒に松明をしばりつけ固定した。松明の火で中は明るくなった。奥の壁ぎわに屋根まで届く一本の柱が立ててあるだけだった。波多八代宿弥は座ったまま進み出て柱の前で恭しく正座をした。

「ウォー」

と叫んで天から神を柱に呼びおろし二礼二拍手一拝をした。

「それではお願いします」

倭建命と従者に向かっていった。倭建命は従者に目で合図をし、従者とともに座ったまま柱の前に進み出てかしこまり、二礼二拍手一拝して引き下った。

波多八代宿弥は再び柱の前で「ウォー」と叫んで神を天に送り返した。

倭建命は八代宿弥の前に向きをかえた。従者も従った。波多八代宿弥は倭建命と従者が我祖先と氏神の御前にて行った礼拝に対して感謝の辞を述べた。

波多八代宿弥は松明を持って社を降り、館に案内した。稲わらで編んだ苫が垂れ懸けられた入口を入ると囲炉裏に火が焚かれていた。

倭建命は波多八代宿弥に促され囲炉裏を囲んで座った。

倭建命は波多八代宿弥に、

「新治筑波を過ぎて幾夜か寝つる（新治筑波を過ぎてから、ここまで幾泊したかわかりますか）」と詩で問うた。

しばらくすると波多八代宿弥は、

「日日並べて夜には九夜日には十日を」（日日つまり太陽を並べてみれば九泊十日でした）

と答えた。

波多八代宿弥に向き直り、

「あなた様はよく物事がわかるお人ですな。ご立派です。武内宿弥の九人の子が分かれて治めていた甲斐東部の国造に任命しましょう。安心してお任せができる。大和からたずねてきたかいがありました」

倭建命は稲藁で編んだ背袋から鏡と剣と勾玉を出した。

「この鏡は特別な鏡です。剣は大和で優れた工人が鋳たもので、剣と勾玉は我祖先から伝わるものです。お納め下さい。そしてここは、甲斐の中の東側にあるので東の国造にします。私の父である天皇も承知しています」

波多八代宿弥はかしこまった。

「ありがとうございます。これはここの社に供えて宝物とします」

倭建命は続けて、

「私の五代前は孝元天皇でございます。その子孫が建内宿弥で大和の都では天皇家につかえる豪族で大変活躍されている位の高い人だと聞いておりますから、私たちは兄弟のようなものです。また、甲斐の宮の上王と向山土本毘古王が墳墓を築造した時には大和の技術者が指揮をとったと聞き及んおりますし、孝元天皇が鏡や腕輪や勾玉などをお贈りした事も聞いております」

というと、八代宿弥は、

「父、建内宿弥は私の祖先は天皇であると伝え聞いています」

と答えた。

話が進むうちに辺りは暗くなってきた。狼の遠吠えやら、ホーホーとフクロウが鳴く声も聞こえてくる。

「もう、夕めしにしましょう」

妻が酒を運んできた。八代宿弥は妻と大人になった長男を紹介した。野原で採れた野菜や鹿の刺身を勧められた倭建命は、

「これは誠に美味しい肉だ、口の中でとろけるようだ」

と酒が進んだ。

倭建命はここへ来るまでの様々な出来事を話した。

尾張国の首長の祖先の家に行ってその姫と結婚しようと約束をした。結婚の約束をした三日後、相模国焼津でその首長が倭建命に「この野の真中にある沼に住む豪族がいるので行って下さい」といった。いわれた通りそこへ行くと、その首長はあざむいて枯草に火をつけ、火ぜめにしようとした。伊勢神宮で叔母大和比売命にもらった刀で枯草を刈り払って、袋に入っていた火打ち石で火をつけて迎火で防いでからその首長を斬り殺して死体を

焼いた。さらに海沿いの道を行き三浦半島の浦賀で舟に乗り、対岸の房総半島の上総国に渡ろうとしたが、すさぶる神が荒波を起こした。その時お供していた姫が「あなたの代りに海に入って波をしずめましょう」といって、芦や絹の敷物を波の上に置いてその上に座ったところで波にのまれて沈んでいった。その後波は静かになったので海を渡ることができた。また倭建命は、武蔵、上野や常陸では今大きな墳墓を造っている王が大和の大王に服従していない状況も話した。

そして倭建命は甲斐に来た目的を次のようにいった。

「お願いをしたいことは甲斐の黒馬(くろうま)をぜひ大和朝廷に献上してもらいたい。甲斐から献上された黒馬は足が早く丈夫で、大和では非常に評判が高くて名馬といわれています」

馬を大和朝廷に献上することは朝廷の傘下になることを意味していた。波多八代宿弥は、

「うちでも近くの牧場で五頭の黒馬を飼っています。黒馬を飼い始めたのは祖父の代からと聞いています。献上させていただけるとは光栄なこと、気に入った馬をぜひお送りしましょう」

一日目の夜、波多八代宿弥の妻は二人に、湯を入れた桶にお疲れになった足を入れてくださいと言って丸太を切った腰掛を桶の前に置いた。先に倭建命が座ると妻は桶に入れた

足を心をこめて揉んだ。しばらくすると倭建命はコックリコックリしてしまった。なんと良い気持ちになったのだろうか。ありがとうございますと言って従者にかわった。

妻は、

「お疲れになったでしょう。今夜はゆっくりお休みください。明日もありますので」

倭建命と従者はは稲わらの上にやわらかい枯草を敷いた上に横になって狐の毛皮で作ったものを上にかけて寝た。八代宿弥の夫婦はいろりの反対側に横になった。

二日目の朝になった。

昨日は夜更けまで倭建命と従者は波多八代宿弥と妻に興味深い話をした。朝日が山の上に登ってから小鳥の鳴声で目を覚ました倭建命と従者は朝飯を調理している妻に、

「おはようございます。今日もお世話になります」

妻は、

「おはようございます。昨夜は初めて聞く話で楽しかったです。よく眠れましたか」

夫が外から家に入ってきた。

従者は、

「気持ちよく眠れて昨日の疲れがなくなりました」

夫がそれでは表に流れている小川で顔を洗ってから話しましょうと言って一緒に小川に行って洗顔が済んで家の中に入った。

「早速ですが今日行く所を相談しましょう。朝飯を食べてこの近くで今造っている私が入る墳墓に行きましょう。それから竹居や増利、盆地の北西にいる二人の弟を訪ねましょう。」

波多八代宿弥は今日と明日訪ねる親戚のことも知っておかなければと思って、

「私の弟や妹は大勢いますのでお話ししましょう」

と言って、

「私の父武内宿弥(たけのうちのすくね)は三年前に死にましたが弟妹は八人いました。妹一人が幼児の時死にまして今は八人います。長男の私と次男は父の後を継ぎました。次男は近くの家に住んでいます。後の七人は、それぞれ盆地の各地で独立したり嫁に行っています。四男は竹居の親戚に子供の時に養子に入り五男は盆地の北西で六男は西山の山麓で七男は盆地中央の古瀬で、三男は隣村の増利でそれぞれ独立しました。女は一人は乳児で死亡し、もう一人は曾根丘陵に住む親戚へ嫁に行きました。長男の私は波多八代宿弥となり、弟は林臣長部(はやしのおみはせべの)臣(おみ)などになり、古瀬の弟は許勢(こせ)小柄宿弥となり許勢臣(こせのおみ)、雀部臣(さざきべのおみ)、軽部臣(かるべのおみ)の祖先となっています。私達は喧嘩をしたり助け合って館で元気に育ち成人になって皆独立しました」

倭建命が、

「武内宿弥は盆地に根を下ろすような策略を考えたのですね。私はおとなになってからわかったのですが、父とはそんな話をしたことはなかったと思います。兄弟が多いことは心強いですね」

妻が、

「御飯ができましたので召上ってください。昨晩の残りものでわるいのですが」

三人は、

「いただきます」

倭建命が、

「今日も天気がよさそうで予定どおり行けるといいですが」

と言う。

「御飯を食べて少し休んで出かけましょう。最初に近くにある妻の実家に行って、馬を借りて、私の家の二頭で行きましょう」

朝に近くで造営中の墳墓に案内された。波多八代宿弥の墓を作っているという。

「墳墓築造も完成間近です。上のほうへ行ってみましょう」

館から乗ってきた馬を降りた。波多八代宿弥は馬を杭につなぐように従者らに指示をした。


墳墓の頂上には石棺と石室が造られていた。

「この墳墓は大和地方でも昔から造られている墳墓に似せた前方後円墳です。後円部に四方に平たい石を立てた石棺を造りましたが、死後私はここに眠ります。その横には、石を四方に積んだ石室を造りました。ここへは私が持っている刀や勾玉と、昨日いただいた鏡などを入れる予定です。石室は私の母の弟、宮の上王が葬むられている大丸山塚に似せて造りました」

波多八代宿弥は説明した。

「このように大きな石はどのように運んだのですか」

倭建命はたずねた。

「ここから四丁ばかり下を流れる大きな川、笛吹川上流の支流である日川の上流から筏に乗せて運んだのです。大変苦労しました」

「大和では今まで造っていたような竪穴式石室ではなく、土を盛り上げながら巨大な石で横穴を造ってから棺を入れる方法を取るようになりました。朝鮮半島から来た人たちに造らせています。いずれ甲斐国でもこのような方法で墳墓を造ることになりましょう。その時は巨石を扱う技術者を派遣いたしましょう」

倭建命は波多八代宿弥へ朗報を伝えた。

次男の家に行くと次男の妻が、

「今日は水田を同じ所に入っている人達と一緒に水田に田植の水を引く堰の土を上げたり草を取るために出労しています」

倭建命と従者を紹介され、続けて、

「水田を同じ所に作っている人達は共同作業をする結(ゆい)を四、五人で組織していて、葬儀や廃屋を壊したり新しい家を作ったり、また屋根替えなどにも手伝いし合う互助組です」

波多八代宿弥は妻に聞くと、

「仕事をしているところに行ってみたいけれども、場所は何処ですか」

「この道を下っていくと田圃が広がっています。そこまで行けば五人が仕事していますので見えます」

　波多八代宿弥達は仕事をしている所へ行って結のことなどを聞くと、最近結でする仕事が多くなったという。

　それから三人は増利の三男の弟の家に行った。

　家の近くには三男が造った前方後円墳があり竪穴式住居六、七軒の集落で、この周囲の四方を広い堀と土堤で囲まれている。館(やかた)の西にも集落があり、集落の南には広い水田地帯がある。三人は広い水田を三男に案内して見てまわった。

　弟の説明によると、

「この広い水田に稲を作るのは大仕事です。結を作って作業をしています。増利の人達が共同作業する水田もあります」

　それから竹居の四男の家に行く。四男は、

「この家柄は佐久に大前方後円墳を造った王の末裔です。王の御霊(みたま)を社に移してありますので参拝して下さい」

　と言って三人を案内した。日陰で東にある山でする仕事や獣を罠で狩ることやその解体や料理する方法を聞いた。罠はそれぞれ狩る方法が違い、猪は獣道Uのように鹿はVのような深い穴を掘って底にはとがらした竹を五、六本を上を向けてさし立てておくそうだ。狩猟は木の実などを沢山食べて脂肪がのった秋から冬の初め頃までが時期で、その後の交尾する時期は痩せて小さくなるから狩らないという。

波多八代宿弥が何人かの狩人から聞いた話は決して荒あらしくなく、むしろ注意深い話し方だった。

波多八代宿弥は、

「もう日が傾いて来たので家に帰りましょう」

と言う。

倭建命は、

「甲斐の地方がわかりました。道すがら、栗林や団栗林が畑の中に見えたり、桃の実がなっているのも見えました。豊かな土地ですね。桃の実は大和でも神さんに奉納する大切な果物ですが甲斐でも神さんにあげるのですか」

波多八代宿弥は、

「そのとおりです。桃が実るのは秋です。秋祭りにつかいます」

馬に乗った三人は半時（一時間）くらいで家に着いた。妻が迎えてくれた。夕日が西山の向うに沈むと、連山は暗くなり、山の頂上が浮かび上がる様子は淋しそうな見たこともない夕焼けであった。

家に入った三人は今日のことを話した。ことに豊かな土地で、住民はおだやかで平和な生活を送っていることを倭建命は感じとった。

倭建命と従者は大和で今起こっていることを話した。

「大和や河内の我々は、何処に行くにも馬に乗って行きます。馬は戦力としても重要な任務を担っています。評判の高い甲斐の黒馬、優秀な馬をこれからも育ててください。明日行く信濃の馬にも名馬が多いと聞いています。信濃にも馬の献上をお願いしたいと思っているのです」

「それほどまでに馬が必要なのですか」

「ええ。海の向こうの朝鮮半島では、高句麗（こうくり）と楽浪郡（らくろうぐん）で争いがあったり、百済（くだら）や新羅（しらぎ）もまわりの国とたびたび戦をして馬が使われていますます。朝鮮半島の住人たちはおおぜい小舟を使って大和に逃げて来ています。逃げてくることは構わないのですが、元々暮らしている住人たちと争いが起きて困っているんです」

「ほお、それは大変なことですな」

「田に引くための水争い、栗を拾う場所の取り合いなど、些細なことですがね。お互い言葉が通じないから解決に苦慮しているんです」

「そのことと甲斐の黒馬と、どう関係があるのですか」

「いざこざを起こさないようにするには、まず移り住んでくる人々を止めることだと考えます。そのために朝鮮半島を平定しなければならない。大和から黒馬とともに軍人を新羅に送る計画です。

同時に大和に住み着いていた高句麗人の子孫や百済人の子孫、常陸にいる蝦夷たちの平定も行おうと考えています。そうしなければ大和は安寧な国にならんのです」

翌年から毎年、黒馬十駒を波多八代宿弥から大和朝廷へ献上するようになった。代わりに稲作の指導者の派遣と新しい品種の稲も分けてもらうこととなった。

波多八代宿弥は、甲斐の国づくりは土本毘古王の指揮で行われた経緯を話した。川の氾濫が多かったから治水工事を施して行ったこと、平地が少ないためにたくさんの田畑が作れないからその対策として湖水や沼の排水したこと、そのおかげで今では豊作な年が多く、収穫祭が各地で賑やかに開催をすることなどの話に、倭建命は興味深く聞き入った。

「土本毘古王の時代には、富士山の噴火に伴って地震も多かったが、今ではその心配はありません。農業指導者の方にも安心してきていただくようお伝えください。そして、倭建命様らもどうぞまたお越しください」

倭建命は相好を崩した。


夕食は野の若芽や干し飯干し肉を食べた。空腹を満たすには十分な量ではなかったが、疲れた体は横になるとすぐ寝てしまい、熟睡した。

波多八代宿弥の妻が朝食を準備する音で目が覚めた。顔を洗い波多八代宿弥と今日の日程を相談した。

昨日の馬の乗り心地はよかったことも話した。


三日目の朝になった。

ごとごとっという音で目が覚めた。初老の男が椀に粥を運んできた。

「こんなもんしかないですが、召し上がってください」

「ありがたい」

さっそく口にした。はじめて食べる粥だったが、温かくてうまい。細かく刻んだいものようなものが甘く、癒してくれた。

「大麦の粥ですが、食ったことはないでしょう。この辺りは米は貴重だから普段は大麦を食べるですよ。大麦は固いから水にふやかしておいてから煮るんです。ほんとうは昨夜お出しできればよかったですけど、煮るのに時間がかかるで、今朝になっちまった」

今日は、古河原に住む小瀬古河原宿弥や、祖先の向山土本毘古王が開いた右左口の佐久里、西山の麓に住む親戚衆をたずねたのち信濃を経て帰路に向かうことを告げた。

波多八代宿弥の妻は子どもたちと編んだという草鞋六足と握り飯を、馬に乗って旅立つ人に手渡す鼻向けの品物として差し出してくれた。

倭建命は、従者を従え、波多八代宿弥の案内で馬に乗って出発した。

竪穴住居のいくつかの村、沼や小さな湖の淵を通り抜けた。

「今から古河原の従弟の家にも行かねばならないから、ゆっくり話もしていられない。近いうちにまた来る」

古河原の従弟だという家に立ち寄った。倭建命は馬を降り、従者に任せた。

「先ほど沼を渡ったが、かけられていた橋は珍しいものでしたな」

倭建命は波多八代宿弥にたずねた。

「あの橋は圯橋(いはし)です。大陸から渡ってきた先祖がもたらした工法です。木の橋を架けることが多いでしょうが、湿地帯には圯橋のほうが向いています。土を盛って堤防状に造って道にするのです。甲斐では何ヶ所かこの圯橋がかけられています」

古河原の従弟の家では馬を飼っていなかった。残念ではあったが、代わりに鯉料理をご馳走になった。

「私の大祖父の家に着きました。大祖父はだいぶ前に亡くなりました」

「この辺りは何と呼ばれる土地ですか」

「ウバグチというところです」

波多八代宿弥は従弟らに久しぶりに会ったようだった。長いあいさつを交わした後、

「こちらは倭建命です。倭建命は天皇の皇子です。大祖父たちが大和の大王から鏡や勾玉をいただきましたが、その天皇の子孫にあたる方です」

倭建命は、波多八代宿弥の言葉に続けて甲斐に来た目的を話した。

「これからの世、馬は交通手段に欠かせないものとなってきています。甲斐の黒馬は大

和でも名高い。天皇も名馬を手に入れたいとおっしゃっています。譲り受けた場合には鞍や足踏などの馬具を進呈させていただきます」

波多八代宿弥は従弟らの表情に笑みがこぼれた。馬を献上することは政権に従うことを意味することであることを彼らにもわかっているのだろう。

「この右左口でも馬を飼っています。私も二駒飼っていますが草を沢山食べるので特に冬になって草が枯れてない時は稲わらなども食べさせます。波多八代宿弥様が大和に行くことがあったら私の馬も一緒におくります」

「甲斐の黒馬の乗り心地はいかがでしたか」

波多八代宿弥は自慢げに聞いた。

「名高い名馬ですな。短足であるが故か、安定していて乗り心地がいいです。毛並みが黒光りしているところを見ると、うまい餌を食い、うまい水を飲んでいる証拠ですな」

倭建命は降りた馬の毛をなでながら答えた。

「甲斐の山は急峻だから、馬は頑丈に育ちます。気候も寒暖差が激しいので、肉が締まっているでしょう。やあ、気に入っていただけて何よりです」

倭建命は波多八代宿弥に別れを告げた。

波多八代宿弥は泣いているようであった。

波多八代宿弥は疲れて、自らの体力の限界を感じた。若い時にはわからなかった体の衰えが、小さな身の不自由が、目に見えない感覚が老いの身には大きな不都合になることがこの老いた年にならなければ分らなかった。

夕日に照らされた自分の影が長くなった時間であったが、馬に乗って二頭の馬の手綱を引いて帰路についた。馬は帰り道を覚えていて、誘導しないで家に帰ったのだった。

水争い

倭建命が八代郷の館を去って一年後、田植えをする田の土起こし作業がすみ、風香る頃に波多八代宿弥は、金川の上流をせき止めて分流する車堰の底の泥や石を上げて水流を良くするための修理作業を行うことを告げた。

南に勢力をのばしてきた三枝勢力との水争いが車堰で起きるようになっていた。三枝氏は波多氏と系統が違い佐久里で甲斐の盆地を統一した向山土本毘古王（孝元天皇の時、天皇家に組込まれた袁耶本王となった）次男の子孫であった。三枝氏が治めているこの地方は甲斐の盆地の北東隅にあって、塩山や笛吹川上流にあたる上郷があるもう一つの盆地で肥沃で災害が少ない土地であった。奈良（大和）の天皇家から草下部（日下部）に任命された名族である家柄である。

いっぽう波多八代宿弥は大和の名族で甲斐に左遷された武内宿弥を父とする孝元天皇から別れた系統で浅川扇状地や金川扇状地を開拓し、向山氏との婚姻関係をつくっている。景行天皇の皇子といわれる。

水争いが起きる金川扇状地の中央は、金川原や夏目原と呼ばれるように原がつく地名である。細い川があっても水は地下に浸み込んで流れはなくなり、雨が降っても表流水とはならない。生活用水は掘った井戸の水をつるべで汲み上げて使っている。車堰の上にある大野寺で水をとられると下にある八千蔵や八代郷の一部には水が来なくなるためにたびたび水争いが起こる。

八代郷の里人が車堰の泥あげをした日に八代宿弥は馬飼に、

「今夜は八千蔵里長を通して話をしてあるから夕食を食べてから里長の家に行って左介の家に案内してもらってくれ。見廻りをした様子は明日話してもらいたい」

左介は馬飼里長に「明日の朝様子を話に行くよ」と言う。

その夜大野寺里の南を流れる車堰を切り崩している二人を見つけ、口論から喧嘩になり馬飼が鍬で打たれて大怪我を負ったことを八代宿弥に報告した。

「奴等は二人がかりで堰を切り崩しをしていたので注意したら手向ってきた。殴り合いになり鍬で手を打たれてひどい怪我をさせられた。このとおりだ」と手を差し出した。

三日後には八代郷と八千蔵を若衆と大野寺郷の若衆が刃物沙汰を起こし表沙汰となり波多氏族と三枝氏族で話し合いがされた。

三枝守正は「大野寺里には水を分けてやっている。俺の経験では、田の稲が育ってから一寸でも水が張っていて、足跡のような小さい凹凸があっても土が見えないように水平にしてさえあればいい。田植えの前に水を張った時にちゃんと平にしておけば大量の水は必要ない。分けてやっている水で足りるはずだ」という。

八代宿弥は譲らず話合いは物分れになった。

三日後の昼休み中に八代宿弥の家に馬飼が慌てた様子で現れた。

「たっ、大変だ」

「まあ、落ちつけ」

八代宿弥は馬飼を制して中庭に通した。

馬飼は、

「大野寺里の里中が明後日の朝、八代館に攻めてくることを決めたそうです」

「誰に聞いた話だ」

「八千蔵の左介が俺の家に来て話しました。大野寺里に嫁に行った左介の妹から聞いたそうです。八千蔵里長に話したら、すぐに八代宿弥様に連絡するようにと言われたのでやってきた次第です」

八代宿弥の決断は早かった。

「上組・中組・下組の組長に連絡して、若者のいる家は一人ずつ、明日の日の出を合図に館に集まるように言い伝えろ。八千蔵里の左介と里長にも同じように話せ。鍬や踏鋤を全員が持ってくるように。

大野寺里で決めたことに八代郷では対処するしかない。迎え討とう。必ず勝利するように。盆地の東側の扇状地では人が毎年増えていて、何処でもこのような問題が起こりはじめている。水対策は急務だ。別の里人の言いなりになっていたらわが里は疲弊してしまう。なんとかせねばならぬ」

集まったっ組長らを前にして、窮状を話した。

組長たちは今後の対策に意見を出した。結論は金川や浅川の水を堰を広げてもっと多くの水を取り入れられないか、貯水池をつくることもいい。そして明後日の対策として館の堀と土塁を整備することを了承し、当日の迎え討つ方法を決めた。

翌朝、八代郷と八千蔵里の若者や若い家長が五十人ばかり集まった。波多八代宿弥は、

「田植が始まる時期に起る水争いを懸念していたが、今年も起ってしまった。大野寺里の二人が車堰を切って水を横取りしているのを見つけて刃物沙汰になった。わが方の一人が鍬で打たれて大怪我をした。

車堰の水は尾山、下野原、二階など六ヶ里で使っていて、途中で大野寺里で取ると下にある八千蔵や八代郷の北里まで水が流れてこなくなる。田に水が入らなくなると稲は枯れわが里にとって死活問題だ。大野寺里の連中は明日朝に八代館を焼討ちに来ることを決めたそうだ。我々は迎え討たなければならない。われらは必ず勝利する。

館を堅めるために周りの堀をもっと深くするために底土を掘ってその外にある土塁に積

み上げて高くしておいて、周りからは攻められないようにする。北の大手門は開いておくけれども道は狭くして入り難くしておく。我々は入口の両側にかくれていて、入る者たちを鎌や鍬、踏鋤で攻撃する。弓矢も十張ばかりあるので日頃訓練をしている若者に後から射させる。

大野寺里の連中は三〇人ばかりのようだ。我々は五〇人くらいだから勝てる。私が指揮をとるので従ってほしい」

波多八代宿弥は兜をかぶり、刀をわきに刺したいで立ちで、荒々しく話した。

この戦は死闘であった。大野寺里には大怪我をしたものが多かったが八代郷と八千蔵里には少なかった。そして大野寺里の親分は状況を察知して「引けー、引けー」と叫び、逃げ返った。味方は館の中に集まり勝利の声をあげた。八代宿弥は参加者の健闘を誉めて、大成功を祝した。

怪我をした人は少なかったけれども彼等には充分な手当と静養をするように命じた。

後日、八代宿弥は両里長と組長、八代の北里の馬飼と八千蔵里の左介も入れて水争い対策会を開いた。

「勝利は十割勝つことを下とし六割勝つことをもって上とする。

水争いはもうやりたくない。皆も同じであろう。どうすれば水争いがなくなるか我々が考えて行動を起こさなければならない。八代郷の北里と八千蔵里が最も水不足の影響を受けるので両方の里長と組長を集めて相談してから車堰の水を使う。尾山里、下野原里、二階里、蕎麦塚里などを大野寺里の里長を集めて話を進めたいと思う」

波多八代宿弥は話を続けた。

「水争いがあった経過は皆が知っているとおりだ。原因は開発が進んで水田が広がり田用水が足りなくなっていることにつきる。この会で原案を決めて車堰を使う里長会議にかけて対策を進めたい」

八千蔵の物知りの里長が案を出した。

「対策としては二通りの方法が考えられる。一つは車堰の水源である金川からの取水を多くすること。もう一つは尾山里あたりに堤みという貯水池をつくることだ」

「金川から水をもっと多く取るには車堰以外の取水する堰をもつ人たちの了解をもらわなければならないけんど難しい。各里の水利用は増すばかりだ」

と馬飼は述べた。

「各堰の里長会議は未だしたことがないから、金川の取水は早い者勝ちになりそうだ」

「確かに早くできる方法は堤を造ることではないかな」

「造る場所が問題であろう。条件は水がある所で、田のある所より高い所。水が地下に浸み込まないつまり水が逃げない土地ということだろう」

「難しい条件だけんど、それじゃあ二階の上にある三ツ沢の下にあるということを二階の里長に聞いたことがある」

「どういうように造るのですけ」

「俺があらかじめ八代郷にある大谷沢に造ってある中尾堤のことを聞いたり見てきた。そこは沢の水を溜める広さがあり、下には四角の田がある。広さは五畝くらいで、深さが六尺くらい、三尺くらい掘って三尺の土堤を造り、両端にも延ばして水を溜めてあった。溜めた水は田植が始まる夏至の前後に流すことになっていて、土堤を作る時に土管や節を抜いた竹筒を土堤の中に埋める。竹筒の口を堤の中に出しておいて一尺おきに底まで六本埋めておき、下流に出口を出しておく。水を流す時はふさいでおいた栓を上から順に抜いて水を流すのだそうだ。この方法を取り入れようと考えている。

ついでに聞いた話では大谷沢は大昔小長谷直五百衣という人の伝説があり、中尾神社が堤の守り神になっているそうだ」

八千蔵里長は意見をまとめた。

波多八代宿弥は「車堰の水を使う里全体で造ることにしたい。来春に間に合うようにこの秋から冬の間に工事をする」

と宣言をし、先に工事の方法や出労する体制を相談しておくことを指示した。

この年の水争いは解決することがなく、八代郷の北里と大野寺里の衝突は車堰の水を使うこととして各里の協力を得て衝突は避けられた。

晩秋になって、大風の水害の被害が避けられる小高い平地に堤を建設し、車堰の水を利用する各里で協力して工事が行われて無事に堰が完成した。堰の管理、運営については、各里長会議が開かれた。今後の問題になる点など会議は難航したが、とりあえずの決着を見た。

波多八代宿弥の長男、墳墓造営

波多八代宿弥の長男は自分の墳墓を作ることを住民に告げた。

「祖父武内宿祢は朝鮮半島から大和に渡って来た人の子であった。大人になって海を渡って来た人たちを助け、甲斐国で沼地の排水工事をした。父波多八代宿弥は後を継いで、この肥えた土地を開拓して水田を開いた。

私の時代になっても、里人たちの家族をふやして大工、竹籠、稲わらで沓をつくったり、むしろを編んだり、縄をなう人たちを育てくらしが豊かになった。

丸い塚に作る墳墓を円墳というのだが、これからは甲斐の国も、里長らが祀られる円墳が多く作られていくであろう。民の仕事は墳墓造営の請負仕事が多くなっていくと思われるがぜひ協力していただきたい。

私は自身の墳墓に巨大な石を積んだ石室を造りたい。巨石を扱う仕事は大変であると思われるだろうが、墳墓造営の際には天皇家から技術者を派遣してもらえることを、父波多八代宿弥は倭建命と約束を交わしたと伝え聞いている」

従者の一人が質問をした。

「どのくらい大きい塚ですか。巨大石はこの辺にはないです。どこの石を使いますか」

波多八代宿弥の長男は板に大まかな設計図を書いて説明をした。

「塚の大きさは十間、高さは三間とする。石室の入口は南に設ける。石室の奥行は六間、幅は一間三尺、高さ一間。入口とその奥に棺を入れる室を分けて造る。石は東山から運ぶ。二本の太い丸太を四尺離して並べその上に小丸太を渡して、その上に木の二股を上と下で切って舟のようにしてその上に石をのせて藤蔓で引っ張る。坂を下るのだからそれほど力はいらないであろう」

「どのようにして巨石を積むのですか」

従者は心配そうに聞いた。

「先ほども述べたが、天皇家から技術者と職人を派遣してもらえることになっている。そのお方らのいうとおりにすればよいのだ。甲斐では初めて造ることだからその技術を学ぶがよかろう」

「どこに造るのですか」

「館から二丁ほど南の森ノ上で坂が急になっているところがよいだろう」

二年後に大和から石職人が来て、人夫は八代里、増里、長江里、米倉里、原里、岡里に割当てて出労させた。

墳墓が完成すると、波多八代宿弥の長男は、

「私が入る墳墓もできたことだ。ついては娘を嫁にやりたい」

妻に相談した。

「どこの息子にやるのですか」

「北にある金川扇状地の室部(むろべ)里に住む息子が良いと考えている。右左口の祖先、佐久の三代後の息子だ」

「室部は土地が肥沃でいい所ですね」

妻も承諾をした。

この話はまもなくまとまり、盛大な結婚式も催された。結婚した夫は室部里の里長(むらおさ)となった。この夫婦には女の子三人が生まれ、長女は向山土本毘古王の子孫である知津彦公(ちずひこのきみ)と結婚した。知津彦公は、我祖先の向山土本毘古王の霊を佐久大神から竹居花鳥山の白山に

移し、室部の天白神にしたいといい、倭建命が立ち寄ったと伝えられている地を栄えさせた。その後、知津彦公は栗合里に移った。

開墾して水田や畑を開き、子供の知津彦公を育てたのは波多八代宿弥が死亡してから五〇年後であった。

第三章　塩海宿弥の生涯

仲磨(なかまろ)が東海地方から甲斐の地へ移住してきた。その子ども、向山土本毘古王(むこうやまとほひこおう)は沼地や小さい湖が点在する甲斐の地を干拓した。さらにその子どもの宮の上王(みやのうえおう)は禹之瀬(うのせ)で水をせき止めて水害の元凶となっていた亀甲岩(かめのこういわ)を砕き、川底を下げた。宮の上王の子どもの佐久王(さくおう)は甲斐の民を統一する政治を行った。また大河を作って疎水をすすめ、水田を広げ人口を増やした。巨大な前方後円墳の築造も行った。

建内宿弥(たけのうちのすくね)は佐久王の子孫と結婚し浅川(あさかわ)扇状地に勢力を築いた。その子ども波多八代宿弥(はたのやしろのすくね)は倭建命(やまとたけるのみこと)を迎えて大和朝廷と交流した。

佐久王の孫である知津彦公(ちずひこのきみ)は波多八代宿弥の子を嫁った。そして浅川扇状地の北にある広大な金川(かねがわ)扇状地を開拓し、大きな勢力となった。

甲斐国の繁栄は仲磨によってもたらされ、綿々と続いていった。天皇を中心に政が行われている大和では王位をめぐり争いごとが勃発する。そのような中にあっても甲斐国は天皇家との関係を保ちつつ、更なる繁栄を遂げていく。

知津彦公の父、墳墓造営

知津彦公（ちずひこのきみ）の父は五〇歳を迎え、代々の王たちが行ってきたように自身の墳墓造営に着手した。

知津彦公の父は家臣たちに大きさや作り方を伝えた。墳墓は土で造り、大きさは高さ二丈、石室の奥行き四丈幅六尺、石室は南を入口として、他の三方を石垣で囲い、屋根石を載せる。大きい石で石室を築きたいと里の役員たちに相談した。場所は栗合里にある急坂の途中を平にして造る。急坂の所は巨石で造る石室が造りやすかったからであった。

知津彦公の父は墳墓づくりの職人を呼ぶことを家臣たちに伝え、家臣たちは里の長たちを集め、墳墓造営の協力してもらいたいと話した。

「今はない波多八代宿弥と倭建命が約束したように波多八代宿弥の長男が新しい形の墳墓をつくるのに大和から職人を八代里（やしろ）に呼んで、墳墓を造った。その使われた人は朝鮮半島にある高句麗（こうくり）で石工となった人たちや東北地方に進出して来た人たちと争って捕らえられて大和に連れてこられた蝦夷（えぞ）人たちで、墳墓を築く事を仕事としていた石磨（いしまろ）を長とする墓造りを専門とする集団だ。職人たちの指示に従い、墓づくりに協力していただきたい」

話し合いや準備が整い、墳墓づくりの作業が始まった。

石磨衆は巨石を運ぶための修羅（そり）造りから始めた。

長さ二間の丸太二本を三尺離して並べる。その丸太にそれぞれ三本つなげていく。その上に細い丸太を一尺おきに渡す。あらかじめ二股に切っておいた大木を先端部につなげ、太い藤づるで編んだ綱をしばりつけて完成した。

石磨衆の頭は石を切り出す者たちに、できるだけ箱のように四角いものを選び出すよう指示した。そのほうがたやすく積み重ねられるからだ。

墳墓造営の準備が整うと、里人たちは祭事の準備をした。

笹のついた竹を四方に立て縄で囲んで祭場を作り、台石の上に御神酒（おみき）、山の幸、川の幸をのせた。長男の知津彦公は祭壇に向かい祝詞（のりと）を言上し、工事の無事を祈願した。

翌日から石の運び出しがはじまった。

墳墓造営の現場では踏み鋤（すき）で坂を削り、平な地面をつくる。掘った土は箕に入れて下方に運ぶ。石室を築ける広さになったらそこへ小石を敷いて棒で突いて固め、石室の基礎を作った。

「石磨たちが見えてきたぞ」

一人の男が大声で作業衆に呼び掛けた。

知津彦公は男の声に促され、墳墓の上のほうに目をやった。山から石を載せた修羅を引き下す男たちの姿が見えた。修羅を引く男たちの掛け声がだんだんと大きくなって聞こえてくる。修羅を待ち受ける男たちの顔にも緊張の様子がうかがえる。知津彦公は作業の邪魔にならぬよう、しかし父の希望する石室が、安全のうちに完成するようただただ見守るほかなかった。

「最初に根石を石室の南の入口に置く。壁面は引いた線に沿って置くぞ。ゆっくり、ゆっくり置くぞ。急ぐな、急ぐとケガをすることになりかねない」

親方ははやる作業員らを落ち着けようとしているようだ。

根石の上に二段目の石が置かれた。

「おぉーっ」と作業員らから歓声が上がった。

「気を緩めるな」

親方の怒号が飛んだ。

三段目、四段目と、壁面が徐々に高くなっていく。五段目はその上に屋根石をのせるため、水平が保たれなければならない。どの石をどこに置いたらもっとも水平が保たれるのかを石磨の頭(かしら)が確認をしていく。

五段すべての壁面に石が積みあがった。最後に屋根石をのせる。

五段目くらいから注意深く最上段の上が平になるように積み、この両壁に渡す巨大で平らな屋根石を置く。

作業最終日、石磨衆たちが石室の高さに埋めた土の上に二本の丸太を置き、その上に細めの丸太を渡して修羅を置き、その修羅で屋根石を運び入れた。作業道は墳墓の一番高い位置までつなげてあり、そこから石室へ向けて下り坂となるように作られている。

屋根石をのせるばかりになった石室は、中に土を入れて埋めてある。石室の大きさは、高さ二丈、奥行き四丈で、幅は六尺、人を縦に七、八人並べたくらいの奥行きである。葬儀がすんでから死体を納めた棺を石室に安置してから石室の入口を石でふたをするのだが、その巨大な石を修羅を使って運び入れているのだ。

石磨たちは大和からやってきた専門集団であることは承知しているが、しかし巨石を目の当たりにすると、知津彦公は疑心暗鬼になった。

修羅はいよいよ坂を下ってきた。石磨は掛け声をかけ、石室の手前で修羅が止まった。男たちは石にかけた綱に手をやる。知津彦公は汗ばんだこぶしを握り締めた。

「気を許すな」

石磨は大声を張り上げた。

石磨衆の男たちは綱を徐々に引きながら、巨石を石室の入口に置いた。

その後、石室の中に入っている土は外に出された。石室の上や周囲には土を丸く盛り上げ、丸太で土を突き固める作業を繰り返してようやく墳墓は出来上がった。

知津彦公は墳墓造営に携わってくれた日下部（くさかべ）族に開拓した水田三反と畑七畝を褒賞として贈った。同様に、石磨衆にも分け与えることとした。

石磨衆は甲斐に暮らしているものではないが、国づくりには欠かせない衆であると悟ったからだ。石磨は快く受け入れ、この地に暮らすこととなった。

以後、甲斐の各地で造られる墳墓は石磨衆が請負うようになった。また、土木工事も請負うこととなり、石磨衆を造墓部とした。

三年後、波多八代宿弥の次男であった知津彦公の父が死んだ。

五本の竹竿の先に黒・白・赤・緑・黄色の布をつけた五色の旗を先頭にして、墳墓まで葬列を組んで送った。木棺に入れられた遺体は、頭を北にむけて石室に納められた。長男である知津彦公は、別れを惜しみ、死者の霊魂を畏れ、慰める儀式、殯(もがり)のために遺体の横に伏してひと晩を過ごした。これは権力を引継ぐ者に課せられた儀式だ。

儀式を終えると、入口を石で閉じた。

父の葬儀を終えてひと段落すると、知津彦公は菊理姫(きくりひめ)を嫁に迎えた。

女房たちは祝いの席に出す酒造りを何日も前から行った。蒸した米を口に入れてかみ、壺に入れて発酵させた。祝いの席には親戚や土地の有力者が集まった。かつて冠婚葬祭出席のための交通手段は歩きが中心だったが、今では馬で行けるからだいぶ楽になったということで、遠いところからも大勢が集まった。

知津彦公は金川扇状地の中ほどの地に生まれ育った。その地は水が少なく、稲づくりには苦労する地であった。一家を構える年となったが、この地で暮らしていくことには不安があった。

あるとき、占い師を訪ねた。白装束に身を包んだ占い師は、薄暗い小屋に入ると四方を祓い清めてから中央に座った。薄べったい亀の甲羅を前に据えた。占いに使う亀の甲羅は腹甲を乾燥させたものを用いるのだそうだ。甲羅には溝や穴があいていて、長い棒の先を押し当てた。棒の先は赤く燃えている。ぴきぴきっと音がした。占い師は押し当てた棒を放し、水甕の中へ棒を入れた。占い師は甲羅をにらみつけると、「凶」と声を張り上げた。その声に知津彦公は身震いした。

生まれ育った地を離れる決心をし、移住地を探した。わが一族の繁栄には水が不可欠であり、その水が米を作り、人を育てるのだ。里役らに相談をし、井尻の地へ移住することを決めた。この地には金名水と呼ばれる神水が湧いているところだ。

高齢であることなどの理由から数家族は反対の意を示してもとの地に残ることになったが、知津彦公の束ねる住人は井尻の地に移住をした。移住をすると真っ先に水田を作り、川から水を引いた。水は枯れることなく、とうとうと流れてきた。

翌年にはたくさんの米がとれ、収穫祭が盛大に執り行われた。

塩海宿弥、甲斐国造となる

知津彦公は長男穂積日子（後の塩海宿弥）と、次男の若年王をもうけたが知津彦公は若くして黄泉へと旅立った。葬儀は遺言によって簡素にすませ、父の墓の石室に埋葬した。長男の穂積日子は祖父のときと同様、王を引き継ぐ所作として一夜棺の隣に寝て殯の儀式を行った。

穂積日子はまだ館を持つには若かったが、国を治めていく自覚を持つため、館を作ることにした。場所は金川扇状地の下、集落の中心に堀と土塁で囲んで建物を建て国衙にすることにした。遠い昔の先祖であった土本毘古王が住んだ豊かな土地を甲日と名付けたので、その地名をとってここ井尻里を甲日国とした。

早速占師に亀の甲羅を焼かせて占い、計画を定めて里人に知らせた。

「さあまた大変な工事が始まるぞ。人夫を使い、道具を作らねばならない」

里人たちは口々に言いあった。

穂積日子は鉄の鍬、踏鋤は一〇丁ずつ鍛冶屋に買いに行かせた。

「鋸は材料屋にあるからそれを買うことにしよう」


穂積日子一族の邸の周りには家臣の住居、三棟の米倉や社なども建築した。周辺を堀で囲いその内側に土堤を盛り上げ、一町四方の大規模な屋敷となる。

館中央広場に竹居里の室部から天白神を勧請する神殿を建築した。社殿は間口一間、奥行一間の丸太造りで、高床、茅葺屋根、壁は板張りにした。地面から垂直に建物の外側に掘立柱を建てて屋根棟を直接支える構造で、屋根は斜めに組み、一番高いところを棟持柱で支えた。屋根には天皇や首長の邸の象徴である千木と鰹木をのせた。

社殿の中に祭壇を設け、神が降臨する柱を立てた。天白社は朝鮮半島から渡って来た祖先が白山山頂に建てた天白社と同じ社で農業の神が祀られる。

大亀の霊も農業の神であり、農の繁栄は国造りの基本であると考えたからだ。

寒さが落ち着いた晴天の日、塩海宿弥は家臣四人を呼び寄せた。弟塩海若年王を先頭に社のある大亀村へ向かった。二人の家来は一俵の米を天秤棒につるして担いでいる。大亀の社に寄進するためのものである。

道中、田にはいちめん蓮華の花が咲き誇っている。畔には黄色いタンポポや白いハコベの花が咲いている。畔の横を流れる小川を覗くと、小魚たちがスイスイと泳いでいる。まるですべての動植物が自身を祝ってくれているように感じ、高揚してきた。

「おっちゃんらは、どけへ行くで」

われらが誰であるのかもしれず、道ばたで遊ぶ子どもが聞いてきた。

「そばへ寄るな」

家来の一人が、近づいてくる子どもたちを払うように言った。

「まあよい。子どもたちにはわからないことよ」

塩海宿弥は家来を制し、

子どもたちに話しかけた。

「大亀社へ行くんだ。一緒に行くか」

道の真ん中に蛇がとぐろを巻いていた。よく見ると奥歯に毒を持つヤマカガシだ。子どもたちは、蛇だ、蛇だとはやし立てて手に持った棒でつついた。

家来の一人が大声で「やめろ」と怒鳴った。

その怒鳴り声に驚いたのか、子どもたちは蜘蛛の子を散らすように去っていった。蛇は信仰の対象で、畏敬の念を持たれていたから棒でつつくとは何事だと思ったのだろう。それにしてもめでたい、蛇までもが祝ってくれている、塩海宿弥は思った。

館は翌春に完成した。館の囲りは住民の竪穴住居が七〜八〇軒まとまってあり、外側には落葉広葉樹や常緑樹があって秋には紅葉と緑が美しく混りあった。

館の完成まもなく、欽明(きんめい)天皇の勅使が来た。

朝廷から、鏡一枚と勾玉と一振の剣が届けられた。同時に、穂積日子を甲斐の国造(くにのみやつこ)に任命するとの詔が伝えられ塩海宿祢の階級が与えられた。この階級の名は、先祖佐久王が保有していた銅鏡と同じ鋳型で作った銅鏡をもつ吉備塩海臣の姓からとられた。

穂積日子は使者に献上品として、馬五駒と馬飼の二人をつけ、持ち帰っていただいた。

以後、穂積日子は、塩海宿弥と呼ばれるようになった。

大亀社の中には芹や魚など山の幸、川の幸と白酒が供えられている。大亀里の里長がとのえておいてくれたのだろう。その中で儀式は執り行われた。

塩海宿弥は祝詞をあげた。

「祖先代々が奉る大亀の霊を国造の願いによって国衙に霊を移す儀式を執り行う。晴れの日も雨の日も長く甲斐国の農民と豊穏を見守り下さい」

弟塩海若年王が供物をさげ、皆で肴として白酒を飲んだ。

儀式が終わり、大亀の霊が移った榊の玉串を大亀里の里長から渡された。鹿皮の袋に入れられた玉串を手に取ると身の引き締まる思いを感じた。


儀式が終わり、一行は大亀の霊が移った榊の玉串を頂き帰りに向かった。

いくらか酔いがまわった四人の一行は鹿革で作った袋に入った玉串を先頭にその嬉しさも手伝って足早に帰った。

「これから大亀の霊を申の刻に天白社に祀る。すぐに体を清めて白装束を着るように」

と申し伝えた。

集まった四人は、梯子を登り掘立柱高床式の社に入って正座した。

塩海宿祢が司祭を執り行った。まず神机の上にある榊の枝をとった。社の四方を榊で清めてから出席者の頭上で祓う。神机の前に戻って一拝した。

大亀の霊が入った榊を机の上に置き、出席者に玉串を神に捧げるように促した。

最初に塩海宿弥の弟塩海若年王が前に出て玉串を受け取り、神机の前に進んで玉串を神に手向けた。続いて深く二礼し、二回大きくかしわでを打ち、一拝して下がった。塩海若年王の所作に習って、出席者全員が玉串を奉納した。

「ウォー」と声を上げて天から神を呼び入れ、榊をふって清め、神にささげる供物を机の上に置いた。それらの作法を行ったのち、祝詞を奏上した。

塩海宿弥は、「ウォー」声を張り上げ、神を天に帰す昇神儀を終えた。

夕方から村をあげての祭りが行われた。

家臣は笛や太鼓を打ち鳴らし、里人たちを集めた。神に捧げた酒や供物は直会(なおらい)として里人たちにふるまわれた。

彦衛門の妻エイが作った料理もふるまわれた。雌熊の燻製肉は、肉を塩漬けにしてから、炉の上に懸てある火棚にのせて燻製にしたものだ。

「この熊は落し穴にかかってもがいている時に格闘して仕留めたんだぞ。栗や草の実などをたっぷり食べて肥えた冬眠前の熊だからうまいぞ」

彦衛門は格闘の様子を身振りを交えて、自慢げに話した。

「そうよ。そこらのイノシシやシカと違って、とても貴重なものなのよ。とてもおいしいから食ってみて」

妻のエイも同調した。

そのほか、ふきの花の蕾、たらの芽、山椒の芽、芹が出された。これら山路で採れる野草には独特な苦味や匂いがあり、若干の毒があるといわれている。しかしそれがまた旨く、体内がきれいになるとして春には必ず食べられた。

塩を少しかけて炭火で焼いた香魚に鱠、鹿の刺身も出された。

「鹿はゆうべ仕留めたやつだぞ。新鮮だからうまいはずだ」

彦衛門の自慢話が止まらない。

「ほんとだ。うめえな。口の中でとろけるようだ。こりゃあ、女房とのまぐあいを思わせるぞ」

里の若い男が、酔いに任せて放言した。

「女にはわからんことだなあ」

別な男がいう。

「そんなこたあねえ、わかるさ、わたしの中をぬるぬると通るのと同じだ」

中年の女が言うと、大笑いになった。

「塩海宿祢さまの前で何をいうだ」

老婆が真っ赤な顔をして怒った。

「今宵はよいぞ。無礼講ぞよ」

塩海宿祢は老婆に笑みを向けた。

「無礼講とはいえ、申し訳ないことです」

里長が白く濁ったどぶろくを塩海宿祢の盃に注いだ。


塩海宿祢は座を立ち、天空を仰いだ。

南西から北東に横たわった天の川が、笛吹川の水の流れのように見えた。所どころの星の集合体は中州のようで、星がない所は水の深みのようである。星空に、水が豊富な井尻里の繁栄を感じた。

翌日、塩海宿祢は弟の塩海若年王を呼んだ。

「天白社と国衙の四隅に建てた社の前に石を立てたいので手はずを整えてもらいたい」

塩海若年王がたずねた。

「石を立てるのは何の為ですか。今まで社の前に石を立てる事はしたこはありませんが」

「曾祖父から聞いたことなのだが、大昔は社前に男根に似た石棒を立てていたそうだ。獣や木の実などの食べ物がたくさん獲れることを願うためであり、悪霊を鎮める役割もあったそうなんだ」

「石は山石ですか、河石ですか」

「河石としよう。大変だが、同じような形のものを集めてほしい」

数年後、塩海宿弥は、中国の中原で魏の時代や朝鮮半島で大人と呼ばれた支配階級知識階層が大和に伝わり、朝廷からは大人国造塩海宿弥と呼ばれるようになった。

塩海宿弥は国衙の東北に建てた天白社と元々ある唐柏の大亀社に続けて、南東に国立社、北東に艮の社、南西に西ノ社、北西に佐久社、室部社、唐渡社大人社次々と社を建立していった。そしてそれぞれの社の前に男根石を立てた。

室部社には佐久王の墳墓に立てた埴輪を作った埴山毘売（はにやまのひめ）を、埴山毘売命（みこと）として祭神に祀った。祀る石には、一族に昔から伝えられている星祭にちなんで、北斗七星、冠座などの星と太陽と月、漢字で一流禅道、八百万神（やおろずのかみ）と彫った。

塩海宿弥はさらに、

「大和国の大神神社（おおみわのやしろ）から霊を迎え入れるための社を建てる。その社の名を美和社（みわのやしろ）と名付ける。至急その手はずをととのえ、大和朝廷に使者を出してほしい」

弟の塩海若年王に指示をした。

大神神社は奈良盆地にある大和三山の一つで盆地の東の三輪山を御神体とし、神社の総社といわれている。

家臣のイチとアカが、使者の名乗りを上げた。

「須恵器に入れた酒と絹二反、それに馬二頭を献上してほしい。授けていただくものは神像と笏（しゃく）だ」

塩海宿弥にとって、この二人は長く仕え、信頼のおける二人であった。

塩海宿弥は塩海若年王を連れて、占い師を訪ねた。占いにより、朝廷へ向けて出発する日は三日後、社を建てる所は井尻の東と決まった。

三日後にはイチとアカは大和国の大神神社（おおみわのやしろ）へ出発した。

霊をお迎えするには社を建てなければならない。塩海宿弥は天白社を建てた大工仕事ができる一五人を集めた。

「大神神社から神をお迎えする社を天白社と同じように建ててもらいたい」

塩海宿弥は彼らに説明をした。

「使者が戻るのは恐らく一〇日後になるだろうから、それまでには工事を終わらせねばならぬ。

社は天白社と同様のもので構わぬ。掘立柱で床を五尺高くする。本殿は間口が二間で奥行きが一間半の大きさにする。壁は板、屋根は茅葺にして鰹木と千木を屋根棟にのせる。

隣に占い小屋も作ってほしいが、それは小さい小屋でよい」

塩海若年王は横で聞きながら、板に詳細図を描いた。

「さっそくだが、明日地鎮祭を執り行うから出席するように。儀式に臨んでは白い衣装を身に付けること」

塩海若年王は作業員に伝えた。

祭主は塩海宿弥がつとめた。今までと同様に榊で祓いをして行われた。

「かしこみかしこみ申す、かしこくも御神の御前にてはらいたまえ清みたまいて大和の大神を迎え奉て」

祭事のあと直会（なおらい）が行われ、神前に捧げてあった海のもの、山のもの、酒が下ろされ、塩海宿弥は皆とともに飲食をした。

美和社は無事に完成し、使者の持ち帰った神像と笏を奉納して、勧請の式を執り行った。

美和社の完成を機に、塩海宿祢は右左口（うばぐち）に住む雛鶴姫（ひなづるひめ）と結婚した。間もなく男子が生まれ、貴比古（たかひこ）と命名した。

大和国から遣いが来た。

「塩海宿弥を大和国に招きたい。国を治め、人民の上に立つ人間となるためには学問が必要である。そのためにも漢国の人から漢字を学び、たくさんの書物を読むことが良い。

あなたの祖父波多八代宿弥もそうなさった」

遣いのものは巻物を広げながら朝廷からの手紙を読み上げた。

塩海宿弥は間髪入れずに承諾をした。朝廷から認められたのであろうと喜びを隠しえなかった。子どもが生まれたばかりであったから、妻の雛鶴姫は不安げな表情を浮かべたが、この機会を失うわけにはいかなかった。さっそく旅支度に取り掛かり、黒馬五駒と馬飼人二人を引き連れて甲斐の国を発った。

朝廷では漢字のほか数字も学んだ。役員の組織作り、各里に割当てる税のことなど、必死で学んだ。


一年後井尻里に戻ると、甲斐国統治のための組織づくりを朝廷を模範として行った。

塩海宿弥は家臣、里長らを集め、以下の宣言をした。

国衙に掘立柱の倉庫や事務をとる建物を建て増す。

租税として朝廷に治める布、胡桃油、猪の干し肉などの徴収方法を改正する。

公の道づくりや疏水工事を行うための制度を設ける。

甲斐黒馬を飼育する馬飼係を新たに設ける。

井尻里に組織運営の役員を置く。

また甲斐を地域ごとに行う生業の分担を定めた。

南、黒馬里、波多八代宿弥の子孫がいる八代里と長江里は馬飼係。

表門里、石和里は土木工事の職人係。

西、青沼里は陶器をつくる須恵部係。東、大野里、玉井里、栗原里は栗、絁麻布（下等の絹織物）の生産。

盆地の西山麓、余戸里、逸見里は渡来人系の人が持つ鍛冶の技術で作る鋤や鍬、鎌、刀などの鉄製品製造。

富士山に近い都留里、多良里は大麦、小麦、粟などの農産品。

さらに大規模な国づくり改革を言明した。

現在井尻里のほか、二之宮里、八千蔵里、成田里、栗合里、黒駒里など小規模な里がおよそ三〇里あるが、いくつかに合併して郡や郷なる単位のものを作る。そのほうが土木工事や墳墓づくりを行うなどのときまとまりがついて都合がよい。

具体的には、里むらをつなぐ道はところどころ人馬が通るのに狭かったりする。雨が降ればぬかるんで通りにくくなることもある。その時にそれぞれの里村が作業を行うよりもひとつの里村として作業を行ったほうが計画的で効率よく作業ができる。

これからはここ井尻里を中心として統治組織をつくり、甲斐国を一層強固なものとする。

塩海宿祢はこの組織で甲斐の盆地の大河の流路を広げてその北山の麓にある差出磯までつなげる支流も作った。

塩海宿弥は六〇歳になった。朝廷では欽明天皇が即位し、その記念として詔を各国の国造に送った。春になる境の日を新しい年の始めとし新年の祝賀を行うこと、また夏と秋の節分の日は豊受神の神前で収穫の前祝をするようにとのことであった。これを機に、農事の節目ごとに神に祈りをささげることを節分の日と定めて祭りごとをするのが慣習となっていった。

甲斐の人々の暮らし

冬の晴れ間、風のない日に子供たちは日なたぼっこをした。井尻里には雪はあまり降らないが、時おり八ヶ岳颪という冷たく強い風が吹く。そんな日は外にも出られず、女房たちはお互いに「栗でも食いにおいでなって」、「ふんじゃあ、よばれに行くか」と、気ままな世間話しを言い合って近所づきあいをする。

冬になると、西山の麓にある余部里や逸見里にある鍛冶屋へ行く。五、六人の男たちが米や麦を背負い一泊がかりで行く。鋤や鍬、鎌などの鉄の農具とを交換してもらうためだった。

「今年は物々交換は誰が行くかねえ」

「去年は第一結組(ゆいくみ)が行ったから、今年は第二結組だなあ」

「第二結組は年寄が多いからどうするだなあ」

長老たちは思案した。

春には木や草の新芽がふき、やがて野山が新緑一色になると稗や粟、野菜の種を蒔く。湿地や小川に生える芹やなずな、ふきの花は野菜が少ない時期の副食になる。

かっこう鳥が鳴く頃になると田に播いた大麦や小麦が黄色へと変わる。穂刈り包丁で穂を刈り取り、稲わらで織ったむしろに広げて日光で干す。干しあがった穂を棒でたたいて実だけにして俵に入れて保存する。

麦は臼と杵で軽くたたいて皮をむく。大麦はそのまま主食になる。小麦は冬になってから石臼で磨りつぶして粉にする。その粉で麺をつくったり団子にしたり、小麦の粉は貴重な食材料である。残った麦わらは燃やして灰にして肥料とする。

カッコウ鳥が鳴きはじめて間もなく、西山の白根三山（しらねさんざん）の中にある農鳥岳（のうとりだけ）の雪が少しずつ解けてくる。次第に地面があらわれ農鳥の姿になる。両羽を広げて今にも高く飛び立ちそうに見えるようになったら野ら仕事を始める。

「田を鋤や鍬で荒起しをする仕事は大変だ。麦の穂刈りはいつからやるかな」

「麦わらが黄色になったからあと二、三日たってから始めるとするか」

農夫たちは段取りをした。

田起に使う道具は国造が監理している。

「鋤一丁、鍬三丁を貸しておくんなって」

と結の長からの申出が多くなる。結とは農作業や冠婚葬祭の葬式を効率よく行うために組織された共同体である。

「鉄の農具を使うようになってからは農作業はすごく楽になり早くできるようになったなあ」

と農民は言う。

六月中旬に田植をする準備が終わる頃には間岳（あいのだけ）の雪が少なくなり、農鳥の姿もなくなる。それを見計らって、国造は、田に金名水から水を引くように指示を出す。

今年は墳墓を築造して新しく組織した石工衆にも田を分け与えなければならない。先に鍬で起耕して土塊になっている荒起しをした田には水を入れてもう一度細かく耕しながら凸凹がないように平らにして、田の全面に水が行き渡るようにする。上の田から順次水を入れて全部の水田に水がかかるのは三、四日が必要である。

今までのように籾を田に直播にしたが、一部の農家では新しい方法として苗代で、五寸くらいに育つた稲の苗を取り、丸い二つのテレン（稲わらで編んだ桶のような浅い入物）

に入れて天秤棒で肩に担いで持って行く。

第一結組の組長が、

「今年のお田植は雨が降ってたいへん水があったから早く始められたな。一番上の五枚の田が一組のものだから準備をするのが忙しかった。毎年のことだけんど、みんなでする仕事は楽しいな。一番上の田の縦横の列の苗植が始まるよ」

組長の隣に立っている一人が、

「今年の早乙女は五人なのか、みんな新しい仕事着できれいだね」

もう一人が、

「そろそろ田植歌が始まるよ、笛はとなりの嫁のタカが、鼓は組長の息子がやるよ。歌は五組の女たちだね」

と言って、田植え歌が始まった。

着物の下端をたくし上げた早乙女の白い足はなんとも肉感的である。トモの長女も今年は選ばれて早乙女になった。タカが、

「右から二番目がわしの娘です」

と誇らしげに言う。

「他の娘はどこの娘かの」

「一番右がトモの次女、三番目がタツ家の総領むすめ、四番目がトシ家の二番目の娘でごいす」

「トシの娘はもういい年になったじゃあねえけ」

「そうだな、へえ二〇になるど」

みな、我が家の早乙女を自慢しあった。

田植えが終わり数日もすると稲間から雑草が生えてくる。そのままにしておくのは稲の生育に悪影響であるから、きれいに除かなければならない。草取りはひととおり終わったからといって済むわけではなく、最初に草取りをした田にはもう草が生えてくるから、最初の田んぼから再び草取りが始まる。稲の成長とともに太陽の日差しも強くなる。稲が小さいうちはまだよいが、稲の丈が成長すると田の中の風通しが悪くなってまるで蒸した家の中で作業するようなのだ。草取りは家族総出で四つん這いになって行うが、腰に負担がかかり、年にかかわらず非常に疲れる。

夕日が山の向うに沈んで一日が終る頃には、烏が三三五五北東から南西の山に向って脇目もふらず一目散に山のねぐらに飛んで帰る。里の子どもたちも帰っていく。

近くにある小川では作業着を洗うために砧打ちをする。石の上に汚れた作業着を置いて砧という棒で叩いて洗う。泥はなかなか落ちないから時間がかかり、洗い場も忙しくなる。

梅雨が終わる頃には嵐の襲来が心配になる。嵐の大水で稲が流されたり、風でなぎ倒されたりすると収穫量が減ってしまう。

田の草取りが終わると稲の手入れはほぼ終わり、養蚕の仕事が始まる。絹を取る為に竪穴住居の近くに育てた桑の木に蚕の放し飼いをする。夏の終わり頃までに桑の木から繭を集めておく作業もあり、休む暇はない。絹糸に製糸して大和朝廷に献納する。

嵐の襲来がない年は、稲は豊作となる。初秋には田の水を落として乾かせば間もなく稲穂は黄金色になり始めて、この時は村人たちの顔がほっとして笑顔になる。

塩海宿祢は各結の組長の会議を開いた。

「霜が降る前に稲刈りを始めよ。今年は鉄を多く仕入れて逸見里の鍛冶屋で作り方を習ったタツがたくさん道具を作ってくれた。天気も定まって晴れる日が続きそうだ。稲の収穫を明後日から始めよう」

稲刈りが済むと、刈った稲を晴れた日に四、五日干す。干すことによりうまみが増し、脱穀がしやすくなる。そのあと稲穂打ちをする。稲穂打ちは三尺の長さに割った竹を、長さ一間、幅三尺ばかりの台の上に縛り付ける。その上に稲穂を叩きつけて実を落とす。俵に入れて保存する。風が吹く日、筵の上に実を放り投げると、稲の葉やくずが舞いおちて、籾だけを取り出すことができる。籾にしたら再び俵に入れて倉で一年間の食料として大切に保管をする。

刈り取りが終わった田んぼでツボを取るのが子どもたちの楽しみである。水のひいた田んぼをよく見るとわずかな穴があいている。そこに指を突つ込んで獲る。ツボは大小様々だが、冬の蛋白源である。


会議の席、組長が発言をした。

「例大祭はいつやるですけ」

「今までどおり収穫が終ってからにしたらどうだろうか」

例大祭とは、豊作を願ったり、収穫に感謝をしたりする祭りである。田植えを始める前には鍬入れなどの地鎮の行事が行われるが、秋の収穫を祝う例大祭は鍬入れがないだけで地鎮祭とほぼ同じように行われる。

春蒔いた大豆は秋には収穫して、味噌や醤油を作る。塩海宿弥の家では雛鶴姫が結の音頭をとって味噌作りをする。味噌も醤油も、大豆を煮て臼に入れ杵で舂いてつぶしてから、米麹と塩と混ぜて甕に入れて発酵させる。醤油はそれを布で包んでしぼって作る。

雛鶴姫は「塩山（しおやま）でとれた塩が来ているので持ってくるよ」という。

タツが臼と杵を、トメとイツが甕としぼる布を用意した。

結の仲間で用具は揃う。

豆を煮る前に水につけておく。薪は毎年持ち寄ることになっている。

「炉は去年のようにわたしがお父うに作ってくれるように頼んでおいたよ」

と、タツが言う。

「毎年味噌、醤油を作るのが楽しいね。今年もうまく出来ると良いのにね」

雛鶴姫がいうと、皆はうなづいて「そうだね」と返事をする。

トメが、

「わしが火を燃やす当番をするね。火を燃やすのが大好き」

というとイツが、

「そんなに好きなの」

「ん、わしは小さい家を燃やしたことがある」

という。

「どうして」

タツがというと、

「『古い家は縁起が悪いぞ。里中に話しておいたから、燃やしていい』とお父うが言った」

「こわくなかった」

イツがたずねた。

「少しね」

という。

いつもトメは面白くて明るい。雛鶴姫が、

「あ、もう豆がふけてやわらかくなったようだね」

「じゃあ下ろそうか。臼に入れて力がある私が舂くよ」

とどめはくったくがない。

こうして味噌作りの一日が終った。

味噌汁にツボを入れると素晴らしく美味しい。ツボは醤油で煮ても非常に美味である。

稲の取り入れが済むと、塩海宿祢の命令一下によって草地を焼き払って開墾して水田を造成する。少し高い場所で水が引き込めない所には畑をつくる。盆地にはまだまだ小さい湖や沼が多いので二〇くらいある里から人夫を集めて川を掘り、水路をつなげる工事も計画的に行われる。人夫は明け方には家を出て、日が沈んでから家路につく。新しく竪穴住居も造られ、人口も増加していった。

米をはじめ稗、粟、大豆、小豆など畑の収穫が終わると、栗、団栗(どんぐり)、胡桃(くるみ)などの山の幸を拾いに行く。毎年のことなので、里の民はそれらの木がある場所と実が落下する時期を覚えているから、年により若干のずれはあるにしても注意していれば熊、猪や猿に食べられることも少ない。

木の実などの山の幸を拾い歩く仕事は、おもに父親や子どもたちがする。子どもたちはおむすびを持たされて一日じゅう山の中にいるから、この仕事は楽しくて待遠しい。

団栗は水にさらしてから、柔らかくなるまで煮て、さらに粉にしなければ食べられない。面倒ではあるが、団栗の餅は子どもたちに人気だ。

冬仕度の前に熊、猪、鹿、狐や野兎を穴の罠を仕掛けて獲る。交尾の時期や真冬の時期になると痩せてきて、肉が少なくなってしまう。川の魚も同じだ。時期を見計らって狩猟や漁へは早めに行き、肉は干肉にし、魚は燻製にする。

塩は物々交換で必要なだけ入手できるようになったので、肉に塩貝を入れて漬けこむ保存食も容易に作れるようになった。塩漬けの食品は汗をかく夏には必需品である。

動物の皮は、歯で嚙んだり、叩いたりしてなめし皮を作り、防寒着にする。蚕が作った繭から糸を取り、布を織る仕事もある。

これらの作業の合間を見て地機（じばた）という織機も作る。麻を紡いで機で織り、着物も作る。機織りの作業には地機が活躍をするから、生産性を上げるためにこの機織り機も作らなければならない。地機は地面に座って前になげ出した足で縦糸を上下に動かしながら梭（ひ）を使って横糸を通して織る機織機で効率よく作業ができるのだ。

甲斐の冬は身も心も凍るほど冷える。粉雪が深々と降る夜には山奥から雪姫が下りてくる。家の苫口(とまぐち)で、

「ほうほう雪姫だ良い子は寝たかな」

とおどろおどろしく言うと伝えられている。

塩海宿祢の墳墓造営

塩海宿祢を中心とした里人の生活が綿々と行われてきた。甲斐の国は人口も増え、安定していった。塩海宿祢は国の安定に安堵するとともに、自分の老いを感じ始め、自分の墳墓を造る決心をした。井尻里の役員会で説明した。

塩海宿弥は、甲斐国造(くにのみやつこ)として威厳ある塚でなければならない、と前置きをして話し始

めた。

「形は土を盛り上げて丸い山を作り、差し渡一四丈、高さ三丈の山で、周りに幅五丈深さ一尺の堀を掘る。山を造りながら、かかえるほどの岩のような大きな石で三方を積み上げて石室を造る。入口は南側とする。石室の奥行きは五丈、幅一丈、石は六段積みとする。一丈六間で、このうち棺桶を入れる所は一番奥にやや大きく造る。両壁に渡す屋根石は長さ一丈三尺の平らな石を九個のせる。両壁の石は約八〇個、奥壁は二個ばかりの大石で作ることにする。今までの王たちが作ってきた石室よりもさらに大きな石室を作る」

いつも慎重派である年寄りの彦衛門が苦言を呈した。

「大きすぎはしませんか。今までうまくできたからからとて、今度も大丈夫だと思うと作業員の命に係わるのではないでしょうか」

工事を主に行う石磨は異を唱えた。

「甲斐の国を立派に治めてきた塩海宿弥王の石室なのだから、大きく作らなければなりますまい」

大かたは石磨の意見に賛成をした。

「里人の誰もが納得できるものを造りたいと思う。造るのは祖父の墳墓を造った石磨衆と、祖先を同じくする南の山あいにある右左口の谷間の百合姫に造らせればよい。石磨たちは井尻里に来てから井尻里、八代里、長江里、山梨里に五基の墳墓を造ったのだから、充分に経験も積んでいる。今回は百合姫にお願いして二組に造らせたい」

塩海宿弥は言った。

「お願いをするには我が伴に私の弟塩海若年王と石磨を連れて行く。三日後に馬を用意しておいてくれ、手土産を忘れないように」

と付け加えた。

その日の夕方、石磨が入っている結の隣りのタツがお願いをしたいといってきた。

「今年は茅葺の屋根替えをしたいので、結のみんなに手伝ってもらいたい。茅はお父と刈って積んであるよ。みんなには手間をかけるけんど……」

石磨は答えた。

「昨年トマの家の屋根替えを結でしたから、もうみんなも慣れっこになっているだろうから大丈夫、できるよ。みんなに話しておくよ。屋根替えをする日は墳墓造りをはじめる前にしよう」

話をしているところへ西隣のキクが来た。石磨は、

「実はちょっとお知恵を拝借したいことがある」といって今年の秋から私が入る墳墓を作りたいけれど、今までに造った墳墓の石で造った室に屋根石を乗せるのが大変難しかった」

と相談をした。タツが、

「それじゃあ、石室の中に土を入れて、運んできた屋根石を同じように石室の上に運び、屋根石は両側の石垣より上を通るようにして石を置き、そのあとで中の土を取り除けば丸太が落ちるじゃあねえけ」

と案を出した。

石磨は、

「そうだ、それがいい」

と、タツの意見に賛成した。

塩海宿弥は塩海若年王と石磨を連れて、谷間の百合姫の家を訪ねた。

「わが墳墓をこの秋から造る。国造として恥ずかしくない立派な石室を持つ墳墓を作る。あなたを親方とする造墓衆にこの仕事は任せたい。井尻の二代目の石磨が指揮して石磨衆も一緒に作業はしてもらう」

「喜んでお手伝いしましょう。手伝える職人は六、七人います。塩海宿祢様の言う事に反対などする者などいません」

墳墓造営について、大きさも含め大和朝廷は認めている旨も話した。

百合姫は、人夫はどうするのかを聞いた。塩海宿弥は、

「笛吹川と東山の麓までの間にある、長江郷、八代郷、井之上郷、石禾郷、林部郷、等々力郷、栗林郷、能呂郷の中にある二七の各里が毎日三人ずつを義務として集める。一里五〇戸が基準としてあるわけだから、一日の作業員の数は七〇人くらいにはなるであろう。井尻衆には一〇人ばかり出労してもらうつもりだ」

「岩のような石を使うということですが、我衆が山から運び出して現地まで運んで、さらにそれを積上げるというと、できるかどうか心配になります」

「初めての大仕事であるが、今持っている技術で出来るように手順は考えてある。造墓衆が泊まる家(うち)も造っておくのでよろしく頼む」

塩海宿弥が頭を下げると、百合姫は承諾をした。

久し振りだからと、酒を飲み交わそうと誘われたが、塩海宿弥はまた近いうちにと言っ

て帰途についた。同席した石磨は、

「私の親のころは馬がなかったからどこへ行くにも歩いたけれど、今は馬で帰る事が出来る、便利になったものですね」

と言いながら沼地に盛り上げた土の圯橋を渡った。

塩海宿祢は館に戻るとさっそく弟の若年王を呼び、

「里衆に集まってもらってくれ」

段取りをするよう言った。

翌朝、石磨らが集まると、塩海若年王に黒馬山に行って大きい石が取れる所を探すように命じた。金川の上流黒馬山の麓に大石があることは、子どものころによく遊びに行っていたので知っていた。井尻から続く古い道を一里程登った所にある。

石磨たちはさっそく調査に行き、大石が充分ある事を確かめて塩海宿祢に報告した。

墳墓を築く場所は、幼少にして死んだ叔父、伯母や子どもたちを埋葬した塩海家の墓地の近くの井尻坂とした。塩海宿弥は里役会で墳墓は父が栗合坂に築いた墳墓より大きくて、一族の誇りとなるものにしたい。この秋から始めて来年の春には仕上げたいので、協力をお願いしたいと告げた。また、坂を削って平らにした所へ石室をつくり、その上に土を盛り上げる。石室は右側と奥壁を石磨衆が、左側と屋根石を右左口の百合姫衆で積んでくれるよう指示した。地鎮祭は稲を収穫して稲打ちが済んでから行う事とした。

秋になり、いよいよ墳墓造営工事にふさわしい日となった。

塩海宿弥は地鎮祭の指揮を取った。造墓をする場所に青竹を四隅に立て、しめ縄で囲い、中央に台を置いた。祭司になった塩海宿弥がまず榊の枝に金明水から汲んできた水をつけ、客人と作業する人たちを祓った。。神を天から呼び寄せる儀式で、塩海宿弥は白い上衣と袴の正装をした。大声で「ウォー」と叫んだ。

供物を台に上げる儀式では高坏に盛った山の幸と川の幸、徳利に入れた白酒を供えた。

「かしこくも大神(おおかみ)の神々の御前にて、悪き霊をはらいたまえ、清めたまえ。先祖は右左口の土本毘古王、宮の上王、佐久王、甲斐の低きを走る水、とどこおる水を禹之瀬を開きて流し、うまし土地をつくり豊葦原瑞穂国(とよあしはらのみずほのくに)となす。高き大いなる墳墓を築きて、六代に亘りて祖先の霊を守りて今に至る。我大亀の霊をこの地に勧請して祀りて天白神となす。我の墳墓は大石を引き運びて積み、室をつくり、土を盛りて墳墓となす。工人の働き大きくして誤ちもなく、すみやかに造れることを、願わくば雨風に耐える墓は我身と心を守り永久にして、農民を守り世を平らけくする事をお願い奉りてかしこみかしこみ申す」

塩海宿弥は祝詞をあげた。

続いて石磨と百合姫は、土を盛った山に鍬入れをする地鎮の行事をし、参加者一同は次々に榊でつくった玉串を奉納した。塩海宿弥は最後に、供物を台から下げる儀式を行い、「ウォー」と神を天に送る儀式をして無事地鎮祭が終わった。

地鎮祭が済むと供物をさげて宴としての直会を始める。神が食べた残りものをいただく儀式である。地鎮祭をした隣の空地で稲藁で編んだむしろを敷いて供物の酒や山の幸、川の幸を皆で食べて盛大に行った。

八代里から祝いに駆け付けた波多八代宿弥の孫が杯をあげて宴は賑やかに始まった。酒で酔いがまわり宴が盛り上がる。古墳を造る石を運ぶ時歌う歌でさらに盛り上がった。

参加者の連体感が最高潮になっているが、秋の日は吊瓶が落ちるように早く沈み、空気も冷え始めた。

塩海宿祢は賑わいをよそに、ひとり夕日を見た。自分自身の行いを振り返りながら甲斐の安寧を祈った。

席に戻ると、参加者一同が立上って万歳を三唱した。

翌日から工事は始まった。朝日が東山の頂から出る前に石磨たちは採石の現場に着いていた。塩海宿弥は岩肌を眺めた。塩海宿弥も塩海若年王も作業に手を貸すことは一切なく、現場において要望だけを伝える。もどかしく感ずることもあるのだが、石磨と百合姫にすべてを任せたのだ。神を信じ、彼らを信じるのみである。改めて工事の無事を祈った。

石室に積む石の採石が始まった。最初に置く石を根石というが、根石は上と下が平で四角であれば上に積む石は積みやすい。採石をはじめた石磨は、

「最初に大きい石を選んで修羅にのせる。小さい石は片隅にまとめておくように。それらの石は石と石との裏のすき間を埋める裏込め石に使うから」

と大声で指示をした。

採石場から道に出すまでの所は平らに均した。知津彦公の父の墳墓を造った時と同じように、そこへは二本の太い丸太棒を並行して長く敷いた。その上に細い丸太を一尺おきくらいに数本渡し、上に修羅（しゅら）をのせる。大きい石を坂の上からすべり落として、梃棒を使ってその上に一気に石を乗せた。

塩海宿弥は男たちの勇ましい掛け声と、隆々たる筋肉に圧倒された。

裏込に使う小石も乗せて、修羅を綱でひっぱると小丸太が転がり滑るように前に進む。後になった丸太棒は前に持って行く。ひっぱるのは井尻の里衆十人である。この石を運ぶ装置は採石場と墳墓をつくる現場との間に石を運ぶ二列の棒を敷く。

石磨は修羅に石を乗せると、

「俺は石室を積む現場に行くので、これからは石磨の弟子が採石場で指揮をとってくれ」

塩海若年王に言いおいて坂を下って行った。

塩海宿弥は馬に乗って石磨の後を追った。

坂を下って来た修羅が墳墓を作っている現場に着いた。石室を築く所には小石を敷詰めて、すでに棒の先で突き固めてあった。

「皆の衆、石は一度積んでしまうと動かすことは出来ないから、間違えのないよう慎重に積んでくれ。石どうしを上手に組み合わせていくことを、しっかり覚えてくれ」

石磨は厳しい顔で叫んだ。

石を石室の予定位置に降した修羅を一〇人がかりで採石場まで引き揚げた。

石垣が三段目、四段目と高くなるのに従って、その高さにあわせて石を運ぶ土盛りを上げていき坂の上方へと石を運ぶ丸太を置く。ようやく両壁の石垣の最上段を積む事になったのだが、最上段の上側は屋根石を置くので平らになるように積まなければならない。巨石だから方向を変えたり、上と下を逆にすることはできない。置く位置は最上段の石の形が下の石とあう所に置かなければならないのだ。

石室の左右の両壁である石垣に屋根石を渡して置く作業が最も難しく危険である。塩海宿弥は石磨を呼び出して問うた。

「ここまでの作業は今までの経験から思うに、屋根石を両壁の石垣に渡し、下の丸太と修羅を引き抜くことが困難で危険な作業であろう。大丈夫か」

「石室の中に石垣と同じ高さまで土を入れ、その土の上に太い丸太二本を三尺離して並べて石室の奥から入口までつなげて置き、その上に石室の幅よりも短く切った小丸太が転がるように渡す。その上に石をのせた修羅を運ぶ。屋根石の両端は石垣の上を通る。石を置くところで修羅を止め、下にある土を取り除いたら丸太と修羅だけが下に落ちて屋根石は両方の石垣に乗る。石室の奥から順においていく」

石磨は隣のタツと七した時のことを説明した。

作業が始まると、みな声を張り上げる。

「ソーレーヒーケー、エンヤコーリャー、エンヤコーリャー、ソーレーケー、エンヤコーリャー」

勇ましい男たちの顔はさらに険しいものとなり、綱を引っ張った。

塩海宿弥も思わず男たちと同様の声をあげた。隣に立っている弟若年王も高揚した顔つきになって掛け声をかけている。

修羅が入口の上に置かれ、掛け声とともに屋根石は石室の上に収まった。

百合姫衆と石磨衆は石室に入れた土を取り除く作業に取り掛かった。

親方の百合姫は、入口右側に積んだ石垣が不安定だといった。東北地方から連れて来た見習いの二人を呼び、すき間に割った石を差し込ませた。割石を使ったのはこの時が初めてだった。危険な手段だったのである。

二人が割石をすき間にはさみ、指示どおり石で三回たたいた時だった。積んだ右側の石垣が崩れ落ちた。叫び声が聞こえた瞬間、血柱があがった。屋根石が左側の石垣に立てかけられたように落ち、二人を挿し潰したように見える。男たちは必死に屋根石をどかそうとするが、屋根石はびくともしない。

一人は下半身が石の下になって、上半身だけが見えていた。もう一人は上半身が石におしつぶされ、下半身だけが見えた。

塩海宿弥ははっとした。工事前に年寄りの彦衛門から「大きすぎはしないか、失敗したら人が死んでしまうんだぞ」と苦言を呈されたことを思い出した。


しばらくすると石の下敷きになった二人の男の女房が現場に駆け付けた。女房たちは石につぶされた夫の姿に泣き崩れた。

百合姫をそばに呼び寄せ、

「残念なことだが、この二人は悪霊にとりつかれている。だからこういうことになったのだ。遺体はすぐに大口山へ運び出せ」

この夜、大口山の方から狼の遠吠えが聞こえた。狼がこの二人を悪霊とともに喰ったのだ。塩海宿弥は狼の声と、男たちの無残な最期の姿、その女房たちの泣き顔が頭から離れない。自我を通そうとしたことで、男たちとその家族の前途を断ってしまったのだ。墳墓造りは失敗したのだ。

人を挿しつぶした入口の天井石を持ち上げるのは不可能である。つまりこの墳墓に死後入ることはできないと思った。ではどうするか、塩海宿弥はこの夜まんじりともできず、考えを巡らせた。

石室の奥に巻き井戸を掘って呪いを解こう、明け方になって決心をした。

塩海宿弥は塩海若年王と石磨を呼んで、石室の奥に深さ一丈、差し渡し五尺の巻き井戸を掘るよう命じた。塩海若年王と石磨は突拍子もない話に合点がゆかない様子だった。

「石で囲りを積んだ井戸を掘るのだ」

というと石磨が、

「石室の墓の中に井戸を掘るなどという習慣などないし、掘ったことを聞いたこともありません。だいたいなんのために井戸を掘るのですか」

石磨が困惑した様子で答えた。

「石室の屋根石を誤って落として二人が死んだ。この二人の呪を解くためだ。聞くところによると海の向こうでは、このような事故があった時には、巻囲戸を掘って、天井に描いたた星を井戸の水に写して清めるという。それを行うのだ」

石磨が、

「よくわからないですが、呪が解けるであればやりましょう」

榊の木でお払いをして清めてから、井戸掘りの仕事を始めた。井戸の中は暗いので、薪を少しずつ焼やして光とした。石磨と塩海若年王と弟子たち六人で掘り、石を囲りに積んで四日間で出来上った。

下井尻里の中には、壊れた墳墓だけれども皆が苦労したのだから使うべきだとの意見もあった。

しかしながら、塩海宿弥はこの墳墓には入ることはできないと思った。後の人生をどうしたらよいか迷ったが、井尻から何処かに移ることにした。事故や井戸の事は里中に知れ渡ったが、人の噂も七五日、人々の記憶もそのうち遠のいて言ってくれるであろうと思った。

国造塩海宿弥、塩田に移る

占い師は塩海宿弥の移転先を「北東」とした。

北東は中国で考えられた鬼門の方向である。鬼が出没するとし、忌み嫌う縁起の悪い方角であった。しかし塩海宿弥はこれまでも幾度となく占い師を信じ、助けられてきたのであるから、今回もまた占いを信じることにとした。

北東のどこへ移るのか、塩海宿弥は甥であり弓の名人である岡武彦（おかたけひこ）に弓で矢を射させて移る所を決めることとした。

塩海宿弥は、後継者である長男の貴毘古（たかひこ）と石磨（いしまろ）、岡武彦を天白社に集めた。四人は子どものころから遊んだ仲間だ。

岡武彦は東北方位の天に向かって矢を打った。それを見定めた塩海宿弥は、貴毘古らとともに馬で矢を追った。

草原に刺さった矢は、天から降ってきたように刺さっている。

塩海宿弥は周りを見渡してしばらく黙っていた。

塩海宿弥は鋭い眼光で貴毘古を見つめ、「この地でよいな」と静かに、しかし強く言葉を発した。貴毘古はうなずくと、

「われら国造（くにのみやつこ）はこの地に移転する」と声高らかに発した。石磨も岡武彦も、貴毘古の行く末を案ずるように大きくうなずいた。

塩海宿弥は矢の刺さったところを指さし、石を建てるよう石磨に命じた。

数日が経ち、石磨が石を建てたことの報告を受けると貴毘古とともに現地へ赴き、この石を降矢石と名付け、この地へ社を建てるよう貴毘古に命じた。

「社の名は国立（くにたち）社とし、この里の氏神神社とする」

と塩海宿弥は言った。

移住先にも小さな里村があり、人々が暮らしていた。井尻里の一部の人とともに移住す

ることの了解を里長に会って得るよう、塩海宿弥は貴毘古に命じた。

今まで暮らしていた井尻里には弟の塩海若年王を残すことになった。

塩海宿弥の妻は不安を口に漏らした。確かに墳墓造りを失敗したために移住することは井尻里の人々も察しているであろう。塩海宿弥から移住したいとの相談を受けた五軒の人々も、安定を極めていた井尻里を離れ、新天地で一から水田づくりを行わなければならない。その気持ちに国主の妻としてどう寄り添っていったらよいのか、ということであった。


了解を得た旨の報告を受けると、さっそく実行に移した。

井尻里から移住する衆は五軒、三〇人、石磨とその職人集団、占い師家族も連れて行くと決まった。甲斐国の重大な拠点とするためにはまず食料の確保が必須である。そのためには多くの水田づくりをしなければならない。沼にたまっている水を抜いて堰を作り、水を引いて水田を作る。塩海宿弥は元々暮らす里人らの取りまとめと、安定した国造りに協力してくれるよう里長へ要請をした。

里長は半信半疑の様子ではあったが、井尻里の繁栄と塩海宿弥の実力には敬服を感じているのだと言って、率先して作業にあたってくれた。

塩海宿弥は、現地に住む里人を集めて甲斐の国造について話し、更なる甲斐の発展にはこの里の協力がなくしてはなしえないことを話した。何よりもまずは引越して来た七軒の民と、元々暮らす里人の生活の安定、その中でも特に食糧の増産を考えねばならないのである。

この土地に暮らす里長を呼び、貴毘古と一緒に水田を作るための土地を探した。

土地が肥えているところや上流に川があるところが良く、河原のように石の多いところは不向きであること、平らな広い土地が良いが、ない場合にはできるだけゆるい傾斜であること、山際は獣が出るので不向きであること、以上の要望を里長に告げ、捜し歩いた。

塩海宿弥は、田作りの作業は現里人の協力が不可欠であると考え、里人を集めて国造を担ってきた役員から、食料増産の必要性と水田づくりの方法の説明を行った。

「まず一枚の田の範囲を決める。傾斜がある所は平にしてから畔を作り、中の土を掘り起こしてやわらかくする。次に囲いの中に水を入れて十分に水を浸透させ、泥沼のようにする。その後泥沼を多勢の足で踏み、表面から一尺下に粘土の層をつくる。水を漏らさないためだ」

田作りには非常に時間がかかった。

里の中には茅葺屋根の葺替えをしなければならない家もある。塩海宿祢は移住の準備をしながらも、新天地東北の里の整備も行った。


早春の山桜が咲く頃になった。

移住を決めた男たちは毎日東北の里に行って屋根を葺く茅を刈ったり、家を建てる木を切った。家づくりはまず二丈くらいの四角の穴を深さ一尺ほど掘る。その竪穴の上に藤蔓で木を結んで家の骨組みを作り、さらにその上に刈り取った茅で屋根を葺く。竪穴住居の北東の隅に粘土と石でかまどを作り、煙突を作り付けた。

年配のタツが、かまどの上に火の神さんのお荒神さんを祀る火棚を作ってほしいと言った。これは五尺ばかりに切った木の枝を編んでいろりの背丈ほど上に肉や魚などをのせて燻製にする火柵である。

東北の里で迎えてくれる人たちも葦刈りなどを手伝ってくれて、家の中に枯葦を敷いた。女たちは庭で土を捏ねて土器の鍋、釜を作った。乾かして焚き火で焼いたり、最近評判になっている須恵器という新しく朝鮮半島から来た人たちが作った陶器を、南の方の谷間にある陶器を焼く藤岱の窯元まで行って手に入れた。こうして木々が新緑になった頃には移住の準備も備った。

塩海宿祢は、井尻里を後にした。

井尻里の人々との別れの宴を催したらどうかとの声も聞かれたが、拒否をした。日が明けるか明けぬうちに旅立ってしまいたい思いであった。

それでも馬に乗って館を出ると、井尻里の民が辻々に立ち、頭を下げている。辛い思いは十分にあったのだが、塩海宿祢は王の威厳を保つことが使命である故、背筋を伸ばして一点だけをを見つめ、馬を進めた。

日が登ってから着いた一行五軒三十人は昼休までに大人も子供も背負ったり手に持って来た荷物を家の中で整理したりした。昼食はとりあえず持って来たむすびで済ませた。

集まった五人の主人は、

「移って来てみると新しいとこは気分が新しくなっていいのう」

「前に住んだ井尻より少し高いとこだけんど住みごこちはよさそうだ」

「この土地の様子も歩いて知っておきたいな」

などと言った。

貴毘古は、手分けで持って来た米や里芋、とろ芋は高床式掘立柱の倉に入るように指示をした。みんなのものだから大人や子供の人数分を必要に応じて配る旨を伝えた。


水田に植えた稲は秋になって収穫がすんで今後の生活の見通しがついた。一家総出でする仕事は楽しく能率が良かった。それでも一軒の五、六人が来年に必要な収量を得る広さの水田は今よりもっと広く造成しなければならない。次に開墾する平地は少し遠いので、弁当を持って行く事になる。遠い所は収穫した籾（稲の実）を天秤棒と竹籠で家まで運ぶのが大変だけれども、それ以上に草を取ったり水を田に入れる事を毎日しなければならない事はもっと苦労が多いだろう。それに家で食べる野菜や布を織る麻や蚕を育てる桑を作る畑は近くに造ると手入れが行き届く。

税として納める蚕の糸で織る絹布は都の人に評判が良かった。中国から伝えられた蚕を育てる桑の木は中国では神が宿る木と言い、扶桑と呼ぶ。井尻で毎年野良仕事が終った秋に行われていた祭の日程を井尻から告げに来た。

塩海宿弥は、結の組長と里役を集めて、四つの事柄について諮った。

一つ目は井尻里で行われる祭りに参加する者を貴毘古と石磨を指名すること。

二つ目は新しいこの里の名前である。塩海宿弥の塩とよい田を作るという願いを込めて「塩田(しおた)」とすること。

三つ目は唐柏の大亀神社から井尻里の天白社に移した大亀の霊を塩田里に勧請すること。佐久里の大祖父土本毘古王が盆地の湖の水を禹之瀬から流した時に大亀が死んだ。その霊を唐柏に大亀神社を作って霊を祀った。その霊を井尻の天白社に勧請した。天白社は朝鮮半島から移って来た人が作った社で、農業の神として厚く信仰していたことを説明した。今度は東にある小山に社を建て妙亀山と名づけたいとした。

四つ目は八代里にいた建内宿弥(たけのうちのすくね)の子で、波多八代宿弥の妹が栗合里に嫁の着物についていた家紋をこの里の家紋にすること。海の向うで神木といわれる桑の葉に似ている梶の葉と、建内宿弥が死んだ時に波多八代宿弥の兄妹九人で決めた九曜星と、この二つを家紋にする。九曜星は真中に建内の宿弥を表わす大きい丸の外側に九人の子供を表わす小さい丸をつける。九曜というのは真中が太陽、外側は月、火星、水星、木星、金星という特別の星と二つの星であることを説明した。

家紋について、参加者にはわかりにくく、説明が求められた。

「家紋を見れば祖先が同じだとか、同族だということがわかるということなのでしょうけれど、それ以外によいことがあるのでしょうか」

「右左口里の佐久王の墳墓と佐久王の弟が造った八代の墳墓の上に立てた埴輪に、三つ巴の紋を透し彫りにした話を聞いている。今からは家紋を決めることが流行という噂がある。梶葉紋（かじのはもん）と三つ巴紋（みつどもえもん）の両方をわれらの家紋としたい」

塩海宿弥は、大亀の霊の勧請につき、長男貴毘古と石磨の二人を井尻里に行かせ、大亀の霊を榊に移し持ち帰った。里役たちを集めて、塩田山に作った天白社の中に塩田里の結の組長と里役たちを招き入れて祝詞をあげ、大亀の霊が乗り移った榊の枝を神棚にあげ、勧請の儀を終えた。塩海宿弥は集まった里役たちに宣言をした。

「亀は長生きをするから縁起がいいのだといわれている。亀の甲羅をとって焼いて、甲羅にできた割れ目で占いを行う。この占いは中国からきたもので、亀は霊をもっているそうだ。井尻里から移した妙義山の霊、つまり大亀の霊を妙亀神と呼ぶことにする」

　一年後、塩田里に土塁で囲んだ館を作ることとした。徳門と西門を建て、手杵地蔵、桜地蔵、笠地蔵、いぼ地蔵を石を彫って作り、館の四隅に立てる。また井尻里を通る街道に宿場を作ることとした。

　役員から宿場について問われた。里に暮らす者たちはこの地から外に出たことはなかったから、宿場がどういう役割をするのかということがわからなかったのだ。

「海で獲れる塩や塩貝と山でとれる幸などを物々交換するために人々は移動をする。その移動の道中に泊めてもらう宿を整備する。大和の朝廷に馬を届けに行った時に、宿は重要なものであり、各地に増えていると感じた。塩田里の地は山里と海里との要所にあるから宿を作れば利用する人もいるであろう。宿泊者があるときは宿泊者の食べ物を用意するという仕事はあるが、宿泊者から海産物をもらうことができてこの里の繁栄に一役かうであろう。まずは竪穴住居を二軒建てる」

　井尻の神に奉げるために池にかっていた亀を献上する事になった。

晩秋の晴れた朝、貴毘古と石磨は占いに使う亀二匹を竹籠に入れて井尻の地に赴いた。祭りから戻ると、二人はその時の様子を報告した。

「祭りの始めに井尻の里長になった塩海若年王が祝詞を奏上し、占いで使う二匹の亀の甲羅を剥いで桜の木につけた火で乾かした。占小屋で占具を使って今年の山の幸の豊凶を占ったところ、その割目が吉となったので皆に発表された。祭は笛と太鼓に合わせて少女が舞い踊り鯉やしじみなどの川の幸、栗や猪の肉など山の幸と白酒がふるまわれ井尻衆の喜びと共に盛んになって秋の収穫祭となった」

また塩海若年王の宣言も報告した。

「私が塩海宿祢の後を継いで、大和朝廷から国造に任命された。兄が残した業績を継いで甲斐国をもっと発展するような政(まつりごと)を行う」

塩海宿祢は安堵した。自身が築き上げた井尻里を引き継ぎ、さらには甲斐国の国造となって甲斐国の繁栄に努力している様子にうれしく思った。

井尻里にならって塩田里でも祭りを行うことにした。

井尻里から土産としてもらった新しい品種の赤米を栽培した。この米は粘りがあって非常に美味かった。ふかした米を臼と杵で搗くと、粉を水でとかして粘ったような餅になり、保存ができる。この種をとっておき、翌年からは赤米の苗を栽培することにした。

田植えをする季節になり、田植えの初日には一番上の田で田植え祭りを行う準備が始まる。一組の結の組長が田の四隅に笹竹を立てて、しめ縄で囲こむように指示をした。塩海宿弥の長男貴毘古が祭主となり祓いを行った。榊を神に捧げ、祝詞をあげた。組長は小声で頭を下げるように言った。里人たちには初めての祭事だったから、井尻里の人々の行いを見てまねた。

祭事が終わると、晴れ着に赤いたすきをかけた未婚の早乙女たちが田植えを始める。結の女たちは笛や太鼓に合せて踊る。子どもたちははじめは静かにしていたが、組長らに促されて一緒に踊った。

ハア　ヨイヨイ
初田をしめ縄で囲んで
早乙女が赤たすきかけて植える苗
おらが大亀の神に供える米俵をつくる
ハアメデタイ　メデタイ

秋になると収穫祭が同様に行われた。

赤米の稲は豊作だったから、祭りはいっそう喜ばしいものとなった。男衆は白酒を飲んで、直会の宴会はにぎわった。

貴毘古は井尻里の若年王から習った赤米餅のつくり方を伝授するため、里人を集めた。

「蒸器は粘土で作る二つの甕型土器で、この甕を上下に重ねて使用する。蒸器の作り方はこねた粘土を紐状に作り最初に平たい底の上に紐状にしたものを丸く巻き上げながら、同じ土器を二箇つくり、片方の甕の底には細い棒で一〇ばかりの穴をあけ、もう一つもたき火の中で焼き上げる。下の甕には水を入れてかまどにかけ、穴をあけた甕の底に麻布を敷き、赤米を入れふたをして下の甕に重ねて置く。かまどで火をもして沸とうさせ、蒸気を発生させて蒸すのだよ」

塩海宿弥、塩部に移る

六年の月日が流れた。祭りではしゃいだ塩田衆の子どもたちは成長し、嫁を迎え、それぞれが家庭を持つようになった。里は栄えてますます人口が増えていった。塩海宿弥にとって人口の増加は喜ばしいことでもあったが、いずれ食料不足に陥るであろうことを危惧していた。

里人の移住を決断する時が来たことを貴毘古に告げた。

塩海宿弥は井尻里からの移住の時と同様に、占師に占わせた。占いは中国から伝わった方法で、占師の家に代だい相伝し、その方法や占った様子は公表しない。結果だけを話すのであった。塩海宿弥は、

「占った様子を私にだけ話してくれ」

というと、占師は他人には話さないでほしいと念を押して話した。

「占い小屋の中で桜の棒に火をつけて、亀の甲羅にこれで五つの穴を開けたら塩田を示

す一つの穴から割れ目が入って一本の太い割れ目となり、移住先を示す五つ目の穴に継がった。二つの穴は今の季節に西の空に見られる月と金星の位置関係である」

塩海宿弥はためらうことなく西へ移住することに決めた。

移住地は甲斐の盆地の北の山麓にある荒川(あらかわ)扇状地とする北の里を、次男の美津毘古(みずひこ)、石磨と一緒に下見に行くことにした。

塩海宿弥は二人を呼んだ。「私が国造の時に甲斐国の様子はおよそ掴んでおいた。あの地には国造時代から知り合いである筑見(つくみ)が勢力を広げている。筑見に会って様子を聞いてみるから供をしてほしい」

塩海宿弥は美津毘古らを連れて西の里に出かけた。

行く途中には沼や小湖が点在している。里と里を継ぐ圮橋をたどりながら、筑見がいる里に到着した。道から土地の状況や土地の地味、水路を見ながら進んだ。

石磨は、

「見当をつけていたように、開墾する余地は充分あって、沼のような所もある。疏水する工事はしなければならない所もあるようだ」

と見解を述べた。

筑見の家を訪ねた。筑見は留守であった。塩海宿弥らは馬からおりた。

「私たちは東の塩田里から来たものです。私は塩海宿弥といいます。私が国造時代に筑見様と会って話したことがあります」

石磨と美津毘古を紹介して、お願いしたいことがあって筑見を訪ねて来たことを告げた。

筑見の妻だという女は、田植えの仕事に行ったという筑見のところまで案内をしてくれた。

美津毘古は馬からおりて筑見の妻を馬に乗せ、その馬を引いた。里の中を出てしばらく歩くと、一面に水田が見渡せる所へ来た。水田の中で四人ばかりの人が働いている。筑見の妻が左の遠くを指さして、

「青い着物を着ているのが私の夫です。塩海宿弥様が国造をしていた時は里長をしていました。今はこの西里の長老の役をやっていて、西の里に問題が起きた時などには相談にのっています」

四人は筑見が働いている所まで行って馬から降りた。

「塩海宿弥様が訪ねて来ました。頼みたいことがあるそうです」

筑見の妻は夫にに向かって声を張り上げた。

「すぐ家に戻りますから、家のほうにお出でください」

筑見はそういうと、田んぼから出てきた。

塩海宿祢は筑見に、次男の美津毘古と、塩田里の役員であり墳墓造りの専門家であると石磨を紹介した。

「井尻里の住人が一部塩田里に移住して数年が経ちます。里の人口が増えていきました」

塩海宿祢は筑見の顔色を窺った。

「塩海宿祢様の里づくりの手腕はうわさに聞いております。しかし、この里には……」

筑見は渋い顔をした。

「私が国造をしていたころにこの土地のことは調べてあります。肥沃な土壌であり、しかも豊かな水がある。まだまだ開拓の余地は十分にあります。さらにここでは、篭作りの人々、桶を作る人々、そして国造りに重要な鉄の道具を作る人々を育てていきたい。この里の繁栄は甲斐国の繁栄につながります。私の最後の仕事、ぜひ筑見殿に協力をしていただきたい」

「この私に甲斐の国造りに協力をしてほしいと……」

「そうです。甲斐国の要衝となるに違いない」

筑見の顔は笑顔に変わり、塩海宿祢は筑見の手を固く握りしめた。

塩田里では傾斜が急だったので、一つの水田を作るのにも、土地を切り盛りをして上から下に土を運ぶのに、大変な労力と時間がかかった。それに比べ、比較的容易に田作りの作業は進んだ。

田に入れる水も豊富にあった。高低差をなくす場合、低い所に運ぶ土は稲わらで編んだむしろに土を乗せてむしろの端を縄で引っ張れば、水の上をすべるように動かせた。

移住する人々の食料を補うだけの田作りが整い、塩田里から五軒の家族の移転が決まった。

「五軒の家族の生活が安定したら、子供がある家族を呼び寄せてもらいたい」

「俺も早く子供を大勢つくる嫁さんをもらって北の里に行きてえ」

「わしゃあ子づくりがうまいで」

「そうだよな、トメのおかあは子だくさんだったから、トメもうまいら。いく人いるで」

「一番上が一郎で次が次郎、えーと名前を忘れたけんど、三人目と四人目が女で五人目が男で、六人目がスエで、最後がトメで止まったから七人け」

「かんじょうするに手間がかかるくれえ、大勢いるじゃん」

皆が大笑いである。

今春の仕事が盛りになると、西山の雪が融け始め、農鳥岳の地肌が表れて浮かびあがる農鳥の姿がはっきりしてきて、農作業を始める時期を表す。塩海宿弥は盆地の排水共同作業も移住の準備をする個人が受け持つ作業も順調に進み、秋には金黄色に染まる稲穂を見ることができた。

今年収穫した籾は、来年引つ越してからの食糧にしなければならない事は皆承知している。何よりも大切に使いたい。収穫祭も盛大に行われた。行く先に五軒分の竪穴住居や掘立柱の稲倉も建て、引つ越しの準備も整った。

塩田里には塩海宿弥の後を継ぐ塩海宿弥の長男である、結婚した貴毘古と石磨の長男の二家族を残すことにした。

塩海宿弥の妻雛鶴姫はいまだ不安げな顔をしている。塩海宿弥の年を考えると、今までの苦労を再び行うことを慮っているのであろう。

塩海宿弥は移住者らとともに甲斐西部への移住をすませた。

数年が経ち人々の生活が落ち着くと、塩海宿弥はこの地に「塩部」という地名を付けた。塩田里の由来にちなんでのことだ。

塩海宿弥は我一族は、甲斐を開いた土本毘古王（袁耶本王）や宮の上王の子孫である。禹之瀬にあった岩の開削に始まり、六代の祖先たちは甲斐の沼や湖の水を排水し、土地を開墾し、豊葦原水穂国と言われていた大和国のような豊かな里を作ってきた。

塩部に移ってから、塩海宿弥は国立神社を立てた。祖先の功績を受け継ぎ、疏水する川を作り、肥沃な土地を水田にする努力をし、持てる力を余すところなく使い、住民の幸福を実現してこの地を栄えさせ、里人たちの信頼を得た。

我一生に悔いることはない、この地に身を埋めるために、井尻里で姥塚を造った時におきた事故のことを説明して、もう一度墳墓をつくりたいと里人に話した。里人の信頼は厚く、一同の協力を得て、井尻里に造った姥塚の石室の石より巨大な石で築いた石室をもつ墳墓を作った。各地で豪族の墳墓を造った石磨の経験によって得た卓越した技術と知識により、立派に出来あがった。それから塩海宿弥はまもなくして帰らぬ人となった。塩海宿弥のなきがらは木で作った棺に入れられ、石室の中に頭を北に向けて納棺され、国立神社の祭神となった。住民はこれを神の塚と名づけた。

甲斐の繁栄

塩海宿弥がこの世を去って百年後、井尻の国府で、甲斐の国造を継いでいた塩海宿弥の子である貴毘古の子孫が、壮年になって塩海国造と呼ばれるようになり、仕事にも慣れた時であった。井尻里に塩田里から使者たちが来て、塩海国造に、塩田里で例年行っている秋の天神祭を五日後にしたいので、今年も塩海国造をはじめ井尻里の人たちにお出でいただきたいとの申し出があった。井尻の人たちにとってありがたく、承りたいので今年もよろしくお願いします、と塩海国造が返事をした。

突然、奈良の朝廷から使者が来たとの連絡があった。

井尻の国造は遠くから来た使者に敬意をはらって家の中に招き入れ、塩田里長もそのまま使者から話を聞くことにした。使者は、中臣鎌子(なかとみのかまこ)であると名乗った。

「今日は特別の用事があって参った。奈良の朝廷では、政争が続いて世が混乱している。この混乱を鎮圧するために、いろいろな策を練っている。民のためにも戦も致し方ないと考えている。そこで必要なのが甲斐の黒馬なのだ。ぜひ献上していただきた。献上していただいた暁には、それ相応の礼はしたいと考えている」

塩海国造は中臣鎌子の依頼を拒否する理由は何も見当たらず、受け入れることとした。これを機に甲斐は朝廷とのきずなを深めることとなった。

塩田に残った塩海宿弥の長男貴毘古、石磨の長男は塩田里で子供を育て、その子孫たちの一族は、塩田長者と呼ばれる豪族になり栄えた。

塩海宿弥の死後一五〇〇年が経った。

僧行基が塩田の長者屋敷に逗留した際に、塩田で育った大木で薬師如来を彫り、病に苦しむ長者の娘を救ったので、塩田長者は薬師如来を深く信仰し、井尻の天白社から勧請した妙亀神を祀った社の隣りに、薬師堂などの伽藍を増築することにした。

塩田長者と石磨の子孫は意見を交わした。

「いまだ甲斐で建てられたことのない、難しい建物だから、海の向こうから大和の都に連れて来られた大工に建ててもらうつもりだ」

「材料にする木はどうするのですか」

「山の桧を切り出すことにする」

「この建物の中には泥で作った佛像を入れる。その佛像は仏教を広めた釈迦の像なのだが、この釈迦は印度の国で生まれたそうだ」

「その佛像は誰が造るですか」

「釈迦の教えを受けた人の子孫で、海の向こうの人が造るのだと大和の者から聞いた。そのお方に来てもらって作ろうと思っている」

これを妙亀山楽音寺と称した。後に甲斐の巨大寺院の中山広厳院は妙亀山広厳院となった。


一年後には建物を作る大工と佛像を造る佛師が来て精舎と佛像ができ上がった。その一年後、「平和で文化的な国家にしたい。大和の都に銅で巨大な大佛を鋳造する。諸国に国分寺という僧寺と法華寺という尼寺を建立せよ」と国府に天皇からの命、詔が届いた。

甲斐の国司は地元で採用した国衙の役人十五人に詔の内容と国分寺の大きさを説明した。

僧寺の大きさは、南北〇、八町、東西一町の四方を築地塀で囲んだ中にこれに沿って回廊を造り、その中に二階建ての金堂幅二二間、奥行二三間、二階建ての講堂幅八間奥行一五間、高さ約二八間の七重塔や僧房など七棟を建立こととなった。塩田長者は、

「大工は八ヶ岳の麓に、朝鮮半島の高麗から渡って来た人たちが佛教を信じていて、大きな寺を造るということを聞いているので、その人たちに来てもらう。屋根に使う瓦は北山の近くに来た朝鮮半島人が住んでいる所の土を使って焼いているので、そこに頼む。大工たちは泊まって仕事をするので、家をつくって、食べる物も用意しなければならん」

と命令した。

工事は年末から始まった。僧寺が仕上ってから五年後に尼寺の建立も始めた。

太さが二尺もある柱を作る桧や厚さ一寸五分もある板やその他梁、桁を作る丸太を大量に山から切り出す人夫は、地元と八代郡の農民を当番制で出労させた。

塩田長者は人夫や大工らのやる気を引き出すため、ためておいた米を奮発をした。

屋根にのせる瓦は川田にある瓦工場に注文した。長者の家の家紋である九曜星を軒先に葺く丸瓦の表に付けて寄進した。

住民たちは見事な瓦ばかりでなく、建物の大きさに驚き話題となった。甲斐に住む住民

たちの家は、掘った穴に柱を立てて三角形の屋根をかけただけの粗末なものだった。

多勢の見物人が絶え間なく押しかけた。

「とんでもなくでっかい国分寺だそうだ。暇になったら見に行くじゃんけ」

が朝夕の挨拶代わりになった。一生に一度は見に行く事が住民の楽しみになり、近くの人は日帰りで、遠くの人は旅籠などへ泊まりがけで見物に来た。

甲斐国の中心となった塩田の周りには、他国へ通ずる街道が幾筋もできて町屋が並んだ。

塩田長者は降矢(ふるや)を名のり、権勢も強大となっていった。

九〇〇年代には井尻里に残った塩海宿弥の子孫が財力を強めたために再び国府は塩田里から御坂の国衙に移された。

解説

第一章

○西暦前三〇〇年頃まで一万年続いた縄文時代が終り、弥生時代が始まった頃、古代朝鮮半島から稲作、農工技術、土木技術、養蚕、機織り、鉄道具の製作技術などの新しい文化や技術を持って多くの人たちが渡来してきた。その中には中国の東の地方から追われて来た民族も含まれていた。この人たちの数は大変多く、和人の血を変えるほどだった。

渡来人の一部は甲斐の盆地にも移り住んだ。甲斐の地を開拓し定住してその文化を残している。

物語は甲府盆地の東側に定住したある氏族の話である。甲府盆地に入った仲暦、二代目向山土本毘古王、三代目宮の上王、四代目佐久王と続いて甲斐を拓いた。

仲磨は弥生時代中期から後期のころ尾張国、現在愛知県瓜郷遺跡として残る集落に住んでいたが、伯父を頼って四家族とともに甲斐国に移った、と設定をして物語を進めた。

○移り住んだ集落を「佐久里（さくのむら）」と名付けたが、佐久ということばと農業神をあわせた「御佐久神（うさくじん）」などと変化し右左口（うばぐち）という地名になったのだろうという推測に基づいた。

仲磨の造った墳墓はのちに前方後円墳と呼ばれるもので、弥生時代が終わるころ日本各地に造られはじめた。

○開化天皇の子である日子坐王の子は沙本毘古命、その弟袁耶本王、妹沙本毘売命など一一人であるが、一五人となったのは以下の理由によるものであろうか。

この袁耶本王こそが土本毘古王（向山土本毘古王）だと思う。袁耶本王の「袁」はとおいと読み土本毘古王の土本毘である。「耶」は三人の父日子坐王の坐であろう。沙本毘古と沙本毘売は命であるが袁坐本は王であって別格扱いであることからも地元の豪族であったことが推察できるからだ。「坐」を「耶」としたのは地方の住民が大和より劣ると考えいていた証拠であろう。耶は敢邪が元字であり、邪魔、邪馬台国などに使い、中国の中華思想でいう四方は野蛮人と考えた。

ちなみに開化天皇の「開化」という名は、貴人や高徳の人に生前の行いを尊んでつけるおくり名、つまり諡号である。「古事記」での名は若倭根子日子大毘々命という。開化天皇が実在したとすれば、弥生時代には漢字がなかったのだから名付けたのは五〇〇代以後であろうか。

向山土本毘古王は甲斐に初めて前方後円墳を造り、のちに埋葬された。土本毘古王がこの地に広い水田を開き稲作を広めた事を顕彰して農業の神である日（太陽）を祭神として、この塚に天の神、つまり天神様を祀り天神塚と名付け、天神山古墳となった。

天神山古墳の墳形は前方後円形で、墳丘主軸を南北方向として前方部を北方に向ける。墳丘長は漢尺で六〇〇尺（一三五メートル）を測り、山梨県では二番目に大きい規模である。墳丘表面では葺石が認められるが、埴輪は認められておらず、初期須恵器を模倣した土師器𤭯が出土している。墳丘周囲には周溝の存在が推定される。埋葬施設は明らかでない。築造時期は古墳時代前期頃と推定される。

土本毘古王の名は古くからあったことや、中国や朝鮮半島から来た人たちは漢字を知っていたことも不思議ではない。

佐久里の氏神社には「向山土本毘古王の佐久神社」と刻まれた石碑が立っていて、その地域には土本毘古王の伝承が残っている。佐久神社の主神は向山土本毘古王である。

○大丸山古墳は宮の上王（仮称）の墳墓と設定した。東山丘陵中腹の標高三一〇メートル付近に造られた前方後円墳で、大きさは全長四二〇尺（一二〇メートル）である。一九二九年に地元住民らによって石室が発掘された。石室内からは成人男女二体分の人骨、銅鏡三面、装身具として碧玉製管玉とガラス小玉、鉄製の武具・武器として短甲や鉄刀、鉄剣、鉄鏃、農工具として鉄斧ややりがんな、鑿（のみ）、鋸（のこぎり）、刀子（とうす）、鎌（かま）、石製品として石枕が出土している。この古墳には埴輪が立てられなかった。第一一代垂仁天皇が出した殉死を禁止し埴輪を立てるようになった直前に築造されたものと思われる。

○甲斐銚子塚古墳は佐四世紀中頃から後半に築造された。久王（仮称）の墳墓と設定した。一九六六年には明治大学考古学研究室・大塚初重の主導による測量が行われ、主軸長は七〇〇尺（一六八メートル）、前方部幅は六〇尺（七二メートル）、後円部の高さは六〇尺（一四・四メートル）と推定される。なお長さの単位は晋国で使用された尺、一尺＝二四センチメートルとして計算した。

また、一九八五年には山梨県教育委員会による発掘調査が行われた。棺は朱く塗り、頭を北にして埋葬されていた。頭の上に鏡五面、右手の側に刀一、剣二、左手側に石製腕輪九、貝製腕輪一、紐に連ねた管玉一組、勾玉は紐で首にかけられ、棺の外には斧一一、鎌三、刀七、剣七が置かれていた。

死者の頭を北して埋葬することや刀を死者の胸にのせる習慣は現代にも続いている。

甲斐で初めて埴輪が立てられた。

○佐久王の死により四代続いた王の時代は終った。三〇〇年代後半である。

佐久王の遺言に「盆地の東にある広い扇状地には水が少ない。水田に水を引く川を作り、里人の子孫を大切にせよ」と長男に言い残した。

佐久王が没した後、子どもたちは甲府盆地に分散し武内宿弥の子孫と婚姻関係を結んだことは古事記の記述から推察できる。半世紀後には小さな前方後円墳を築造したのだろう。

佐久王の後を継いだ長男も小さい前方後円墳を築造したが甲斐を統治する力はなく、甲斐の王家は衰退したのだろう。

だが子孫は右左口里で繁栄した。佐久王の孫知津彦公は笛吹市御坂町竹居の室部に移って、その長男が第三章の主人公である貴毘古となり、後に塩海宿弥となった。

第二章

○第八代孝元天皇の子孫である建内宿弥（ある一定の官位の人につけた姓で氏のような職名）は、日本（天皇家）から政争によって追放されて甲斐に入ったという伝説があり、向山土本毘古王（袁耶本王）の子孫の姫を娶り、波多八代宿弥、小瀬古河原宿弥など男七人と女二人の九人の子をもうけた。女一人は金川扇状地にある井尻里で知津彦公と結婚したのが四〇〇〇年代中頃の事である。

○倭建命と波多八代宿弥の祖先は第九代開化天皇であった。文字が未だなく記録を書けなかったこの時代は全てを記憶と中国や朝鮮半島から海を渡って来た人達やその子孫が亀の甲羅を焼いて甲羅にできる割れ目で吉凶などを占う占いによって社会や政治を動かしたのであった。

○建内宿弥について。

建内宿弥は四〇〇年代中頃死亡し、甲斐には一基しかない巨大な方墳に葬られたのではないか。建内宿弥が深く関係した中国や朝鮮半島に住むと伝わる架空の偉大な動物である龍にちなんで今ではこれは竜塚古墳と呼ばれている。

○波多八代宿弥の館について。

波多八代宿弥は地方の豪族であるため身分の低い御火焼の老人とされている一方で、中国の古典を知っている教養人として扱われているのは政治的意図があるためか、非常に珍しいことである。

後に酒折宮(坂下宮)と呼ばれる山梨県甲府市にある酒折宮といわれていたが、実は現在笛吹市八代町北にある南八代・北八代熊野神社だったと考えられる。(『酒折宮とヤマトタケル』二〇一三、森和敏)

○新治筑波を過ぎて幾夜か寝つる

　日日並べて夜には九夜日には十日を

都より遠い東国に住む夷（野蛮人）が天皇の皇子と問答歌を交わしたことは、対等の立場だったということである。

　問う人と答えた人の立場が逆のように思われるが、その意味は倭建命が新治筑波を過ぎてから、ここまで幾泊したかわかりますかと問うた。これに対して酒折宮の御火焼の老人である波多八代宿弥は日日（太陽）を並べてみれば九泊十日でしたと答えたということだ。この答は六〇〇年頃欧陽詢によって作られた中国の古典『芸文類聚』に記載されている三本足をもった九羽の鳥と十箇の太陽が交替して夜と昼をつくっているという中国の当時の常識を知っていて、これを援用して波多八代宿弥が答えたので、倭建命はよく答えられましたとほめて、あなたを当時武内宿弥の九人の子が分かれて治めていた甲府盆地の東部の国造（県知事相当の官職）に任命しましょうと言ったので、国造だったとみられる人物であろう。

　しかし倭建命が生きていた四〇〇年代より後に書かれた『芸文類聚』の内容を引用したということは、倭建命がこの歌を唄んだのではなく、日本で初めて七〇〇年代初期に書かれた歴史書である古事記、日本書紀の編者が酒折宮に假想の御火焼老人を相定し倭建命との想定される問答歌を書きあげたものではなかったか。と犬飼和雄氏はいう。

○倭建命（日本書紀では日本武尊）のその後。
古事記によれば東海道をくだり琵琶湖の近くまで帰った倭建命達は伊吹山で白い猪に化身した山の神に襲われ、さらに進んで伊勢の能煩野を過ぎて、故郷の日本を目前にして、倭建命は「やまとは国の真秀ろばたたなづく青垣山籠れるやまとし麗し」（日本は国の中でもっともよい所だ。重なりあった青い垣根の山、その中にこもっている日本は美しい）（『古事記』）と歌つて、倭建命は最期を遂げ白い千鳥となって飛び去った。

○倭建命が通った道を、若彦路と呼ばれている。

○古事記（七一二年）に倭建命（諡号、大長谷若建命）、日本書紀（七二〇年）に日本武尊（諡号、大泊瀬幼武天皇）（以下「ヤマトタケル」という）と書かれた人物は一二代景行天皇の皇子と記されている。この景行天皇の時代は弥生時代か古墳時代の始め頃で未だ甲斐には有力な豪族は発生していない。ヤマトタケルが日本各地の豪族を従わせ日本を統一しようとしていた時代ははるか後のことである。甲斐にヤマトタケルが来たと考えられる時代は前期の竪穴式石室をもつ古墳であり、その分布やヤマトタケルを祀つている神社の分布、ヤマトタケルの事跡を語る伝承などをあわせて考えるとヤマトタケルが通ったとされる近県の状況と同じように四〇〇年代後半の二一代雄略天皇の治世とみられる。ヤマトタケルと御火焼老人が問答歌をよんだと記されている甲斐の酒折宮（南八代・北八代熊野神社）には本殿があっただけの神社の初期型式であることが遺跡の発掘調査の成果で推測できる。

景行天皇とヤマトタケルとの親子関係を第二図に示しましたが時代的には全くその親子関係は成立しない。

○波多八代宿弥のその後。

波多八代宿弥はこの後まもなくこの世を去り、自分が造らせた前方後円墳の後円部の上を掘って造られた石棺に葬られ石室に副葬品が入れられた。これより前に作られた大丸山古墳に石室、石棺が作られているので両墳の被葬者が深い関係にあったとみられる。波多八代宿弥の館は坂下宮と呼ばれるようになっていて、その子供が 後継者となり、波多氏は末長く続いている。後継者は広い肥沃な浅川扇状地の開墾を進め、ゆるぎない地位を築いたのは五〇〇年頃であった。

第三章

○塩山でとれた塩について

この塩は後の梁塵秘抄（十二世紀後白河天皇編）に「甲斐にをかしき山の名は……しほの山……」といわれるようになり、また貴族達十八首の和歌に「塩の山さしでの磯に」なども読まれるようになつた。また甲斐国志（一八一四年）には現在の塩山市にある塩の山で鹵という自然界から天然の山塩を掘削採取していたことが書かれているものである。

（服部俊幸氏　二〇一八年）

○墳墓造営にかかる事故について。

この事故のことを後世の人は、右左口山の谷間に住む怪力無双の百合姫（山姥とも言う）と、井尻に住む怪力の男が競争してこの塚の石室を築造した時に、もう少しで造り終る最後の屋根石を置くのに、百合姫が約束した日の夜明けの一番鶏が鳴くまでに最後の屋根石を載せることが出来そうなので、井尻の怪力男は自分が勝つためにコケコッコーと鶏の鳴声を出したので、百合姫（山姥）は石室の入口に天井石を立てかけたままで右左口山に逃げて帰ってしまったと言い伝わっている。しかし入口に立てかけたようになつている石は高さ一間三尺（二七〇cm）、幅二間一尺（三九〇cm）、厚さ八〇cmもあり、二五トンはあろうかと思われる巨石で、明らかに失敗して落としてしまった事故である。

○国立社について。

五〇〇年代後半、塩海宿弥のなきがらは木で作った棺に入れられ、石室の中に頭を北に向けて納棺された。塩海宿弥は国立神社の祭神となり、甲府市塩部に造られたこの塚は里人達に神之塚と呼ばれるようになった。今は加牢那塚と呼ばれている。

○九曜星について。

月と火星から土星までの五つの惑星の運行は、中国では六世紀にはすでに分かっていて、日(太陽)との関係も知っていたと思われる。大和の古墳には天井石に星座が書かれている。

○甲斐の黒馬が名馬であると言われる逸話。

甲斐では三世紀頃から馬を飼っていたと、発掘調査によって考えられていて、甲斐の黒駒の伝承がある。五世紀後半、頃雄略天皇はある時、大工の頭領だった猪名部真根に「真根よ、私が聞いたところによると、あなたは石の枕をして、木材を手斧で削っても、手斧の刃を石にあてて刃を落としたことがないというが本当か」とたずねたところ「はい。落としたことはありません」と答えた。そこで雄略天皇は猪名部真根が仕事をしている前で、わざと神につかえる乙女たちに相撲の衣を身につけさせて、農業神に奉納する舞をやらせたところ、真根は誤って手斧の刃を欠いてしまった。これを見た雄略天皇は、だまされたと言って怒り、真根を死刑にする罰をあたえてしまった。真根が来る刑場では死刑にする準備がととのって使者の命令を待っていた。この時、真根の仲間たちが、頭領の真根が死んだら、木を削る印にする墨付けを誰がするのだろうと言って真根の死刑を惜しんだ。雄略天皇はこの様子を見て、真根の死刑を許して、天皇は甲斐の黒駒に使者を乗せて刑場に走らせて、死刑の執行を止めた。猪名部真根は建内宿弥の従者として倭建命が東征する関東、北陸地方を下見としてめぐつたあとで甲斐に定住し死亡した。

真根子（子は尊称）は、武内宿弥の子波多八代宿弥の墳墓である団栗塚古墳の近くに造った真根子塚古墳に葬られた伝承がある。

○飛鳥時代の混乱について。

二〇〇年前頃には、聖徳太子が甲斐の黒駒に試乗して、雲の上を走らせ富士山頂に着き、ここから信濃をまわって三日後に奈良の朝廷に帰ったという。この時代、奈良の朝廷では皇位継承などをめぐる天皇や古代豪族の間で政争による暗殺などの紛争が相次いだ。朝鮮半島との関係が深い武内宿弥の祖である蘇我馬子は軍事・警察権を握る官位について強力な勢力をもっていた。馬子は古代豪族の執頭であった物部守屋を五八七年に殺し、権力をほしいままにし、七〇トンもある巨石を使った横穴式石室をもつ石舞台古墳を築造したり、日本で初めて仏教寺院の飛鳥寺を建てるなど仏教を広めたとみられている。

五〇〇年代終り頃に、崇峻天皇の後継者に幼少の推古天皇をすえ、聖徳太子を摂政の位につけて、天皇の政務を聖徳太子に代行させ、政治改革と仏教を振興させた。聖徳太子は大阪に五九三年に四天王寺を建て、六〇八年に奈良の斑鳩に壮大な法隆寺を建て、多くの仏像を作らせ寺に鎮座した。庶民は未だ竪穴住居に住んでいた時だった。聖徳太子の政治改革は十七条の憲法を制定し、中央集権国家をつくった。六二二年聖徳太子が没し、蘇我馬子も死亡すると、くすぶっていた怨念が表れ、馬子の後継者、蘇我蝦夷が大臣となったが暗殺され、その子蘇我入鹿は六四三年斑鳩宮に乱入し山背大兄皇子との政争の後、六四三年彼を自殺させたが、大化元（六四五）年中大兄皇子（天智天皇）らによって、蘇我入鹿は朝鮮の使者を迎えるという偽りの儀式中に殺されて、蘇我氏は滅亡し、大化改新が成功した。しかしその後も、蘇我一族との確執は続いていて、蘇我馬子の墓である石舞台古墳が破壊されたり、近江大津宮に遷都したりして世情は混乱した。中大兄皇子の子孫藤原鎌足の系統は、貴族政治の基礎をつくり、難波宮から奈良の飛鳥板蓋宮へと遷都し、新しい政治が始まっていた。

○聖徳太子の死後、それまで朝廷内で蘇我氏と大伴氏などの間で争われていた政争があらわになり、蘇我入鹿が暗殺され蘇我蝦夷は自殺して蘇我氏は滅亡して新しい政治が始まったけれど、蘇我氏と大伴氏との確執は続いている。藤原氏は大化の改新で決まったことを続けて、律令（法律や政令）の制定などを全国に展開した。律令は中国で作られた新しい決めごとである。古い考え方を改めて、新しい世の中にするためには、今の天皇ではできない、兵を起こして今の朝廷を壊滅し、律令を日本国に広めようと考えた。改革の口火を切るために、蘇我氏が建造した法隆寺に火をつけて焼きはらい、大蔵にも火をつけることを決めた。二年後には次の天皇となる天智天皇の皇子大友皇子を暗殺した。

我大海皇子軍は不破関をまず手中に入れる。不破関は関が原の近くにあって、琵琶湖、丹波沢、大和や備前などの西と東にある美濃、尾張、東国の間に横たわる鈴鹿山と伊吹山の切れ間にある西と東との交通の要衝にある。不破関を手に入れて東国の一帯に勢力をもつ豪族達や肥後の八代氏一族を味方につけた。

天智九年（六七〇）四月三日夜半に法隆寺は全焼した。二年後の天武朝六七二年六月に大海人皇子は反乱をおこした。蜂起した大海皇子は日本を制圧するとともに東国に入り、甲斐、伊賀、三重、美濃など東海道、東山道の軍兵数万を手中にした。

○甲斐の黒馬の活躍についての推定と戦の結末。

足の早い黒駒は伝令に使われ、黒駒軍団は敏速に移動するから戦を有利に進めることができたと思われる。指揮官は鎧を身につけ、兜を頭に冠し、反りのない直刀を腰に指して、兵は農民で鎌や竹やりで戦った。生駒山の近くで三日間続いた戦闘で、大海人皇子は大友皇子軍に苦戦したが、近江、河内で決戦となり勝利した。大友皇子は自軍蘇我氏の本拠地である飛鳥で自ら首をくくって死んだ。

一ヶ月続いた反乱で最後となった近江、河内の戦は夕方になっても大海軍が優勢であったが大友軍の善戦で夜にもつれ込んだ大海皇子は「明日昼間は戦闘はするな。夜になるのを待て、月が西から東に進んで今夜は満月になるが明日は月は出ない。日が落ちて一時経ってから闇夜になったら太鼓を合図にたたかいを始めろ。必ず相手の動静をみて、ひそかにうしろにまわって月と叫べ。相手の返事がなかったり星などと答えたら必ず刀で突き殺せ。相手が月と叫んだらすかさず夜と返して味方であることを知らせよ。そうすれば大友軍に暗号を知られずに勝てる。このことを必ず秘 密のうちに徹底して味方に伝えよ」と命令した。甲斐の黒駒に乗った伝令の情報により、黒駒軍団は敏速に移動して戦況を優利に進めることができた。こうして一瞬にして形勢が決まった。勝利した大海軍は本拠地の斑鳩に凱旋した。

この最後の戦で大友皇子に味方した近江の鯨は白馬に乗って逃げたが、泥田に落ちてぬけ出せなかった鯨を見て、大海皇子軍に参加した吹負が甲斐の駿馬に乗った勇者に「白馬に乗った鯨（栃木県日光市久次町は久次良＝鯨氏の遺名）を急いで追って射よ」と命じられ、勇者は馬で馳せて追いついたとたんに、鯨は白馬にむち打って、泥田を抜け出して逃れた。一ヶ月に及んだ壬申の乱は終結して、大友軍の大将者らは島流しとなった。

○大海皇子は戦には勝ったのだが、負けた天智天皇の子、大友皇子が正統な後継者であったので、天智天皇の弟の大海皇子は天皇の位を奪い取ったということで、六七三年に天武天皇となったが、不正者として簒奪天皇と呼ばれるようになった。（壬申の乱）
天武天皇は大化改新の新政は大宝元年（七〇一年）に制定された律令（法律）制度によって実施し、国家の運営は文字で書き表されたこの成文法によって、行うようにした近代化された制度であった。この法律は、例えば当時田畑や農具は結や里の共同所有になっていて農作業も共同で行っていて、甲斐でも共同が大規模化しやすくなっていた状況だった。

朝廷では全国の田畑を公地と称して国民の大部分であった農民から取り上げて、国家の所有地として一反（一〇〇〇平方メートル）を基準とし、国民は公民と称して、田畑を男女別、年令別などで定めた面積を国民に貸し与え、死亡すれば国に返し、子供が生まれれば新しく貸与えて、その面積によって現物の米で納税したり（条里制）、川や道の維持管理に出労する労働や、地方の特産物を税として納税するような制度をつくった。つまり耕地と国民を共産主義制度のように管理することにした（班田収授法）。しかし地方の複雑な地形をした土地では、耕地は地形に応じた不整形な形で面積は一定しない広さになったため、未だ文字や数字が地方では普及しなかった時代だったので各水田の広さは目測し、全てを記録したのではないかと考えられるのであるが、どのように測量して記録し、国民に分けて貸したのかなどのことが解明されていない地方もあり、未だ不明な史実が多い。甲斐の盆地でも、実態はこの例のような状況であった。

○壬申の乱が終ってから、物部氏一族の政治的な働きかけで井尻里から笛吹川の西に七世紀に移されていた国府（春日居町、県庁に相当する国衙があった場所）は、台風による笛吹川の氾濫で流された。それを機に塩田長者は、塩田にすでに造ってあった堀と土塁で囲んだ広大な館を利用して政治力で此処に八世紀中頃国府を移した。国府を通る富士山と金峰山を結ぶ道者街道、鎌倉と国府を結ぶ後に鎌倉街道と呼ばれた道、中山広厳院から出る中山道を整備した。七〇一年以後は日本（奈良）の都から赴任した国司（県知事級の官職）が赴任した時と、元旦と毎月一日には近くにある塩田長者の氏神の笛吹市一宮町塩田にある国立神社や、富士山を御神体とする浅間神社、甲斐奈神社や石和の神明神社前富士見村小石和にある大亀神社、諏訪神社、八代町竹居の唐度神社、御坂町竹居の大野寺にある熊野神社、塩部の国立神社などの本殿前に三尺（九〇センチ）ばかりの石が立っている一五の社と国分寺に参拝している。国衙はまた御坂町国衙へ一〇世紀後半に移された。

〇孔子が書いた中国の古典『論語』に載っている「温故知新」は今から前のことをたずねて次に来る時代を知って今何をする可きかを考えることであるという。損得だけを考え、感情のおもむくままに行動してはいけない。いつも反省することをおこたらず、正しい歴史の事実を知って道理を学ぶことが大切である。今していることが次の時代をつくっていることを自覚すべきだと孔子は書いた。

今を大切にしないと未来に憂いを生ずる、ということであろう。

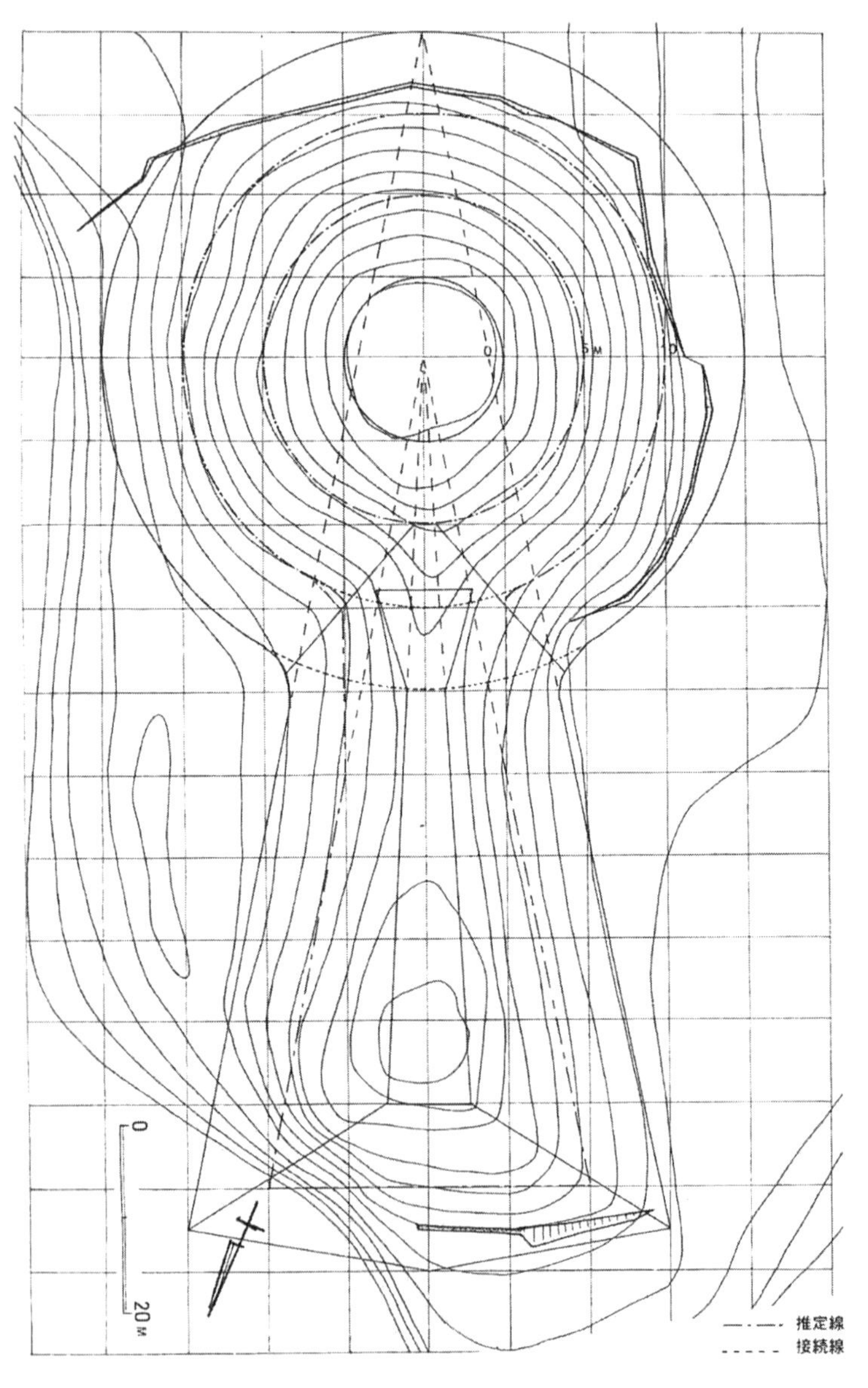

第３図　天神山古墳設計図（推定）
（当時の設計部は等高線は入っていない。数字は使ったと思われる）

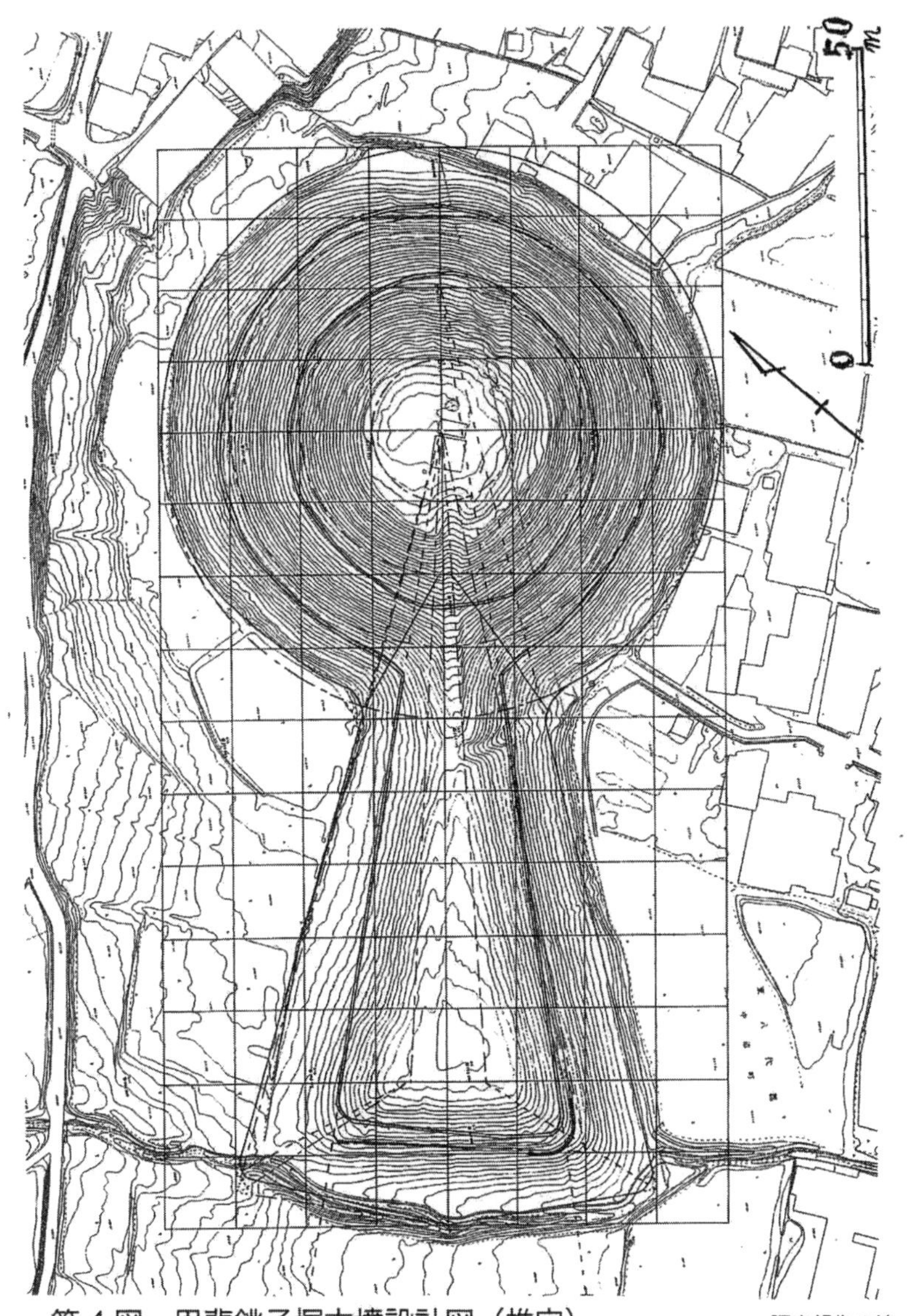

第４図　甲斐銚子塚古墳設計図（推定）
（当時の設計図に等高線は書いてない）
図は山梨県埋蔵文化財センター提供

——— 調査報告の線
－・－・－ 推定線
－－－－－ 連結線

甲府市
春日居町
勝沼町
国衙
国分寺
一宮町
中央道
塩田
美和神社
石和町
酒折宮
八代町
御坂町
岡銚子塚古墳
境川村
大丸山古墳
天神山古墳
芦川村
御坂山地
上九一色村
足和田村
富士五湖
西湖
勝山村

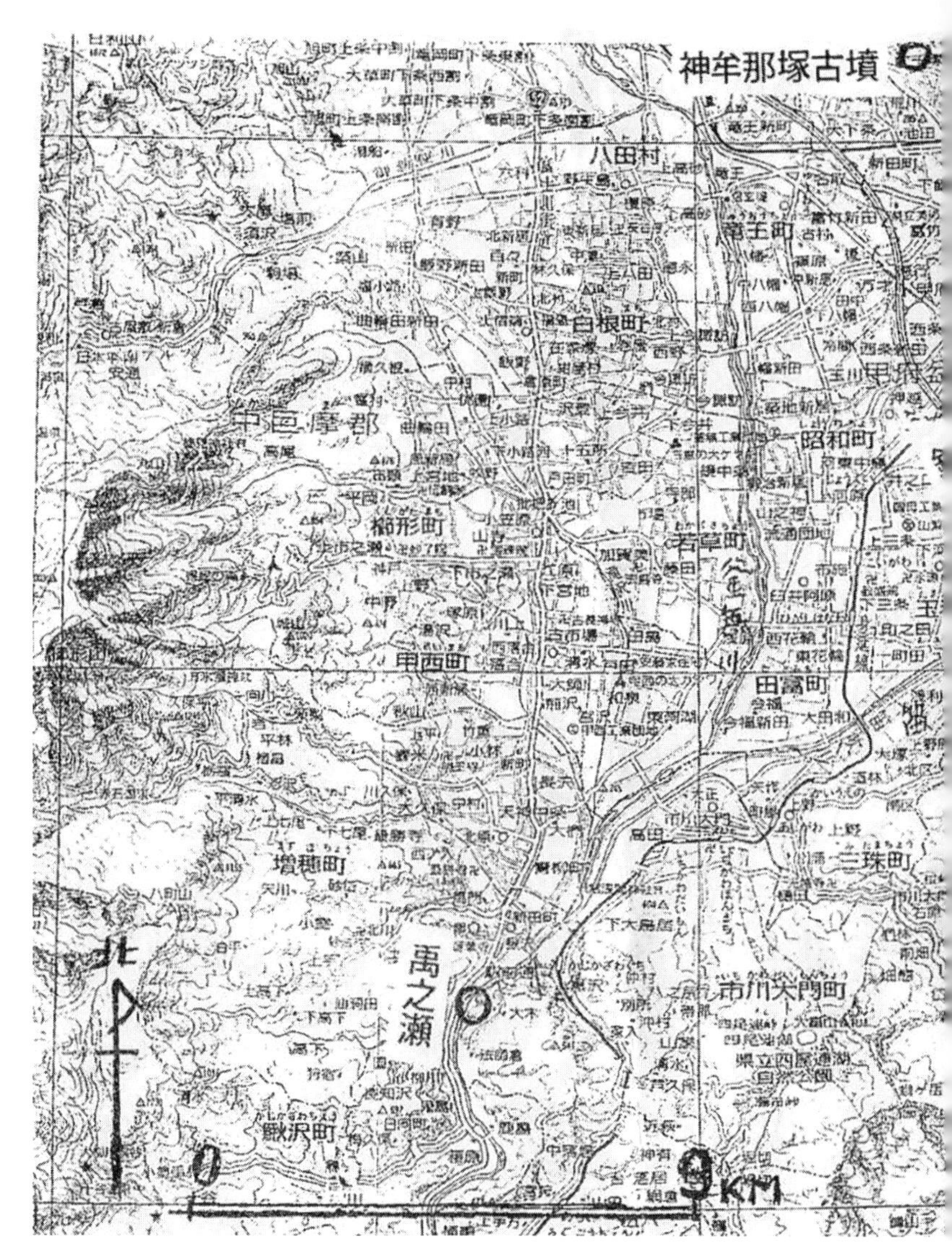

古代甲斐豪族　関係遺跡図

（国土地理院２万５千分の１を使用）

参考文献

『古事記』小学館一九九八年
『日本書紀』
『酒折宮とヤマトタケル』二〇一四年 森和敏
『甲斐古代豪族の系譜』二〇一六年 森和敏 北村千鶴
『酒折宮問答歌再考』二〇二〇年 犬飼和雄
『酒折宮本宮所在考全』藤巻耶麻登、江戸時代
『甲斐星石論』――古代甲斐王朝追求考―犬飼和雄二〇二二
その他多くの山梨県教育委員会等が発行した『遺跡発掘調査報告書』
論文、著作、市町村誌（史）等

おわりに

この物語を書くにあたって、動機をつくっていただき種本である『甲斐古代豪族の系譜』（二〇一六）を共同執筆していただいた郷土史家北村千鶴さんと、指導、助言を賜った東京大学英文科卒業、法政大学名誉教授犬飼和雄先生、作家佳川文之緒先生、東京工業大学名誉教授服部俊幸先生、山梨言葉の会代表小林是綱氏、日本橋明治座の三田光政氏、水鈴社の篠原一朗氏に深く感謝する。㈱峡南堂印刷所・切刀隆氏にはお手数をおかけし深謝する。また「作家は身を削って書くものです」と八六歳の私を叱咤激励してくださった㈱アスパラ社社長・向山美和子氏に心からお礼を申し上げる。

なおこの書籍は、拙著『山梨県の古代史—酒折宮とヤマトタケルの謎に迫る—』（アスパラ社刊）をもとに書き上げた小説である。同時にお読みいただくと、より理解を深めていただけると存じる。

森　和敏（もり　かずとし）

1938 年山梨県笛吹市増利 1791 に生れる
1960 年国学院大学文学部史学科卒業
1961 年八代町教育委員会勤務
1972 年山梨県教育委員会に文化財保護専門職として勤務
1998 年山梨県教育委員会定年退職
著書『山梨県の考古学資料集』、『酒折野宮とヤマトタケル』、「八代町史」、各種遺跡発掘調査報告書ほか

甲斐を拓いた男たち

2024 年 4 月 29 日　発行

著　者　　森　和敏
発行者　　向山 美和子
発行所　　㈱アスパラ社
〒 409-3867
山梨県中巨摩郡昭和町清水新居 102-6
TEL 055-231-1133
装　丁　　㈱アド・ステーション
印　刷　　シナノ書籍印刷㈱

ISBN978-4-910674-09-4